Momentary me, Eternal you

불안 속에서 더 나은 순간을 찾으려 애쓴 시간들

순간의 나와 영원의 당신

초판 1쇄 발행 2017년 6월 5일
초판 6쇄 발행 2021년 1월 28일

지은이 손현녕

기획편집 김소영
디자인 Aleph Design

펴낸이 최현준·김소영
펴낸곳 빌리버튼
출판등록 제 2016-000166호
주소 서울시 마포구 월드컵로 10길 28, 202호
전화 02-338-9271 | **팩스** 02-338-9272
메일 contents@billybutton.co.kr

ISBN 979-11-959909-6-2 03810
© 손현녕, 2017, Printed in Korea

이 도서의 국립중앙도서관 출판예정도서목록(CIP)은 서지정보유통지원시스템 홈페이지(http://seoji.nl.go.kr)와
국가자료공동목록시스템(http://www.nl.go.kr/kolisnet)에서 이용하실 수 있습니다.(CIP제어번호:CIP2017012085)

* 이 책은 독립출판 《순간의 나와 영원의 당신》을 새로운 글과 디자인으로 리뉴얼하여 출간했습니다.

순간의 나와 영원의 당신

Momentary me, Eternal you

불안 속에서
더 나은 순간을 찾으려
애쓴 시간들

손현녕 지음

빌리버튼

내 가 바 란
무 작 정 의 행 복 ,

순 간 의 나 와
당 신 이 모 여
영 원 의 시 간 을 이 루 는 것

힘껏 쥐고 싶었다. 힘껏 달려가 녀석의 꼬리라도 꽉 쥐
어보고 싶었다. 그러나 쫓으면 쫓을수록 어쩐지 더 멀
리 달아나는 것 같아 녀석을 미워하다, 증오했다. 그런
내 모습에 넌덜머리가 났다. 그 녀석의 이름은 행복이
었다.

행복의 태양을 쫓아 달려갈 때, 언제나 나의 뒤에는 검
고 어두운 불안의 그림자가 드리웠다. 행복에 대한 갈
망이 커질수록 불안의 그림자는 늘어진 엿가락마냥 질
질 내 뒤를 끈덕지게 따랐다.
더운 볕에 목이 말라 헐떡이며 걷는 수캐마냥 걸어온

지난 길의 궁극적 목적지는 어디일까. 불안 속에서 그토록 갈망하던 것은 끝내 보이지 않았고 손에 잡히지 않았다. 행복은 어디에 있는 것일까. 물음을 던졌고 돌아오는 대답은 '순간'이었다.

내가 바란 무작정의 행복은 '순간의 나와 당신'이 모여 '영원의 시간'을 이루는 것이었다. 행복은 곧바로 나를 지나쳐버리는 현재이자 미래의 시간들이 조금이나마 더 나은 과거로 기억되기 위한 것이다.

더 나은 과거를 만들기 위해 순간의 소중함을 모아 책

으로 엮었다. 책 속에는 행복을 그리며 하염없이 울었던 내가 있고, 눈을 감고 행복을 그리던 당신이 있으며, 순간의 찰나 속에서 영원히 박제된 시간들이 담겨 있다.

이 책을 읽을 당신은 어느 페이지에서 행복을 만날 수 있을까. 책의 한 귀퉁이에 시선을 가두고 무엇을 떠올리며 그 어느 순간을 회상하고 있을까 하며. 나는 여전히 행복의 꼬리를 더듬는다.

손 현 넝

1
순간의
나

2
그리고
각성

3
영원의
당신

4
그리고
위로

5
영원의 나와
순간의 당신

1

순

간

의

나

마음까지 튼튼한 어른이 된다는 건

쉽지 않은 일이야.

시간의 밀도

시간의 밀도가 진한 삶을 살아야 한다. 지금 나의 시간
은 어떠한가. 어느 곳에서 무엇을 할 때 내 시간은 흐물
거리지 않을까. 누구와 있을 때 비로소 내 시간은 꽉 차
올라 진한 밀도를 만들어낼 수 있을까. 공간에 의해, 타
인에 의해 나의 시간을 잠식시키지 말아야 한다.

나에 대해 잘 알지도 못하면서 함부로 내뱉는 모진 말
에 더 이상 마음 아파하지 말아야지. 진정 곁에 남을 사
람이라면 나의 그 어떤 모습도 있는 그대로 받아들일
테니까.

자기만의 틀에 갇혀 말도 안 되는 잣대를 들이대며 나
의 가치를 폄하하는 사람들의 말은 그저 흘려보내야 한
다. 어떻게 단 며칠, 몇 개월 만에 누군가를 판단할 수
있으며, 또 그 판단이 타당하다 할 수 있을까.

나의 진가를 알고 묵묵히 내 주위를 지키며 믿어주는
사람들이 더 소중하다는 걸 잊지 말아야지.

누구나 불안을 느낀다. 그런 불안과 두려움은 없앨 수
없다. 이는 인간이 살아 있다는 방증이기 때문이다. 하
지만 불안이 떠오를 때 그것을 꽉 잡아놓지 않으면 그
것은 마음의 병이 된다. 불안이라는 망령. 그것으로 인
한 망상은 극으로 치닫는다. 불안이 스멀스멀 떠오를
때는 '멈춤'이라 외치고 숫자를 세보는 것도 방법이다.
불안은 불안을 부르고, 걷잡을 수 없이 커진 불안의 끝
은 결국 스스로를 망치는 길로 인도한다.

마음속 가시

매번 누군가에게 상처를 주고, 또다시 찾아온 외로움에 누군가를 찾는 과정은 결국 스스로를 파멸시키는 길이다. 그 끝에 남은 공허함은 쓰디쓴 대가인 것. 어쩌면 모든 관계에서 누군가에게 상처를 주는 일에는 오래된 이유가 있지 않을까. 마음속에 긴 가시가 깊이 박혀 있으면, 사랑하는 이를 안았을 때 그 가시가 상대의 마음까지 관통한다. 내가 가진 가시에 상대의 마음을 찔러 아프게 하는 악순환은 그만 끊어내길. 어느 날 진솔한 사랑이 나타나 우리에게 선한 영향력을 끼칠 수 있기를. 그 영향력으로 마음속 가시가 다 녹아내리기를 바라고 바란다.

욕심 버리기

지금 내 것이 아닌 것을 탐하지 말아야 한다. 때가 아닌 것을 탐하려 하다 보니 내 마음이 어지러운 것이다. 그러니 지금은 나에게 가장 중요한 것을 찾아 집중하자. 그것을 먼저 이루어야 더 새로운 꿈을 꿀 수 있다. 평생 하나의 꿈만 바라보며 제자리걸음을 하기엔 너무나 아까운 젊음이다. 내가 내 마음의 주인이 되어야 한다.

조바심

겉보기에 낯가림이 없어 누구와도 금방 친해지는 것이 장점이다. 그리고 아니다 싶을 때 확실히 끊어내는 것 역시 내가 가진 장점이라 여겨왔다. 하지만 지난 시간을 돌아보니, 모두 상처받기 두려워하는 나를 지키기 위한 행동이었다. 조금 더 두고 볼수록, 천천히 상대를 기다려 시간을 가질수록 후에 닥칠 상처의 그림자가 더 커진다는 것을 나는 알고 있었다.

문제에 봉착하며 사는 삶이다. 하루도 문제에 직면하지
않는 날은 없다. 버스를 아슬아슬하게 놓쳐 약속 시간
에 늦는다거나 친구와 벌이는 사소한 신경전, 하얀 옷
에 빨간 국물이 튀는 일, 사람 많은 곳에서 갑자기 파고
들어오는 공황장애까지. 사소한 일부터 홀로 감당하기
버거운 일까지 우리는 온통 문제투성이 삶에 내던져진
존재이다.

그러나 모든 문제에는 나름의 해결책이 있다. 하얀 옷
에 튄 빨간 국물은 세탁소에 맡기거나 손빨래를 하면
되는 것이고, 처음에 원인도 모르고 어쩔 줄 몰라 했던

공황장애는 원인을 찾게 되었으니 그에 맞게 천천히 치료를 해나가면 되는 것이다.

손빨래처럼 당장 뚝딱하고 해결되지 않는 문제도 있을 것이다. 아니 어쩌면 우리 삶에는 그런 일들이 더 많을지도 모른다. 그러므로 '그저 웃어넘기는 것, 참지 않고 화를 내거나 울어버리는 것, 잠시 마음속에서 지워버리는 것, 다음 일어날 일을 미리 걱정하지 않고 부딪혀보는 것, 이성적 논리에 의해 처리하는 것' 등은 모두 문제에 대한 해결책이 될 수 있다.

나는 오늘의 문제에 어떤 해결책을 사용할 것인가. 당신은 지금 봉착한 문제에 어떤 해결책을 사용할 것인가. 이렇게 보면 문제투성이 삶에 함께 내던져진 당신이 있어 조금은 위로가 되는 밤이다.

어 깨 동 무

관계에 의존하지 않는 것부터 시작이다. 어쩔 수 없이 관계를 맺어야 하는 세상이지만 그것에 의존하고 나의 감정과 기분, 아니 나의 하루를 온통 관계에 쏟아버리고 나면 초조함과 두려움에 벌벌 떠는 내 초라한 모습만 남을 뿐이다. 홀로서기가 필요하다. 혼자여도 충분하고, 혼자여서 행복한 삶을 살아야 한다. 그랬을 때 진정 내 사람과의 어깨동무가 무겁지 않으리라.

누군가 대신 기억해주는
우리의 어릴 적

내가 기억하지 못하는 어린 시절 이야기를 듣는 일은 퍽 흥미롭다. 내가 아장아장 걸어다닐 때, 어쩌다 맛본 꿀을 엄마 몰래 한 숟가락씩 퍼먹다가 결국 꿀단지 한 통을 다 비워내고 말았다고 했다. 그래서인지 몸에 열이 많다는 어른들의 말씀을 듣기도 한다. 누구에게나 있을 일상적이며, 매일매일이 탈일상적인 어릴 적 이야기들. 그러나 당신을 키워준 그들만 오직 기억하는 예쁜 이야기들. 지금 이 글을 읽는 당신의 머릿속에 떠오를 각각의 어린 시절이 나는 너무도 궁금하다.

마음의 주인

소심하고 남의 기분 신경 쓰느라 하고 싶은 말을 꾹 참아 그것은 병이 되었다. 밴댕이 소갈딱지. 내가 모난 것인지 아니면 내가 너무 물러터져 어쩌면 모난 것이 당연한 사회 속에서 푹푹 찔려가며 피 흘리고 다니는 것인지.

오늘처럼 마음에 구멍이 난 것 같은 날에는 잠자고 있던 울보가 자꾸 기댈 곳을 찾는다. 더 이상 기댈 곳은 없어 잠이 유일한 탈출구가 되었다. 다른 사람의 큰 상처에는 누구보다 여유롭고 현명한 척 세상 진지한 대답을 하지만 내 조그만 상처에는 어쩔 줄을 몰라 발을 동동

거리는 이 우스운 꼴이란. 언제쯤 내 마음에 고요한 광야와 사막을 만들어놓고 이따금 쉬러갈 수 있을까. 얼마나 내려놓고 받아들여야 평정심을 얻을 수 있을까. 마음의 주인이 되고 싶어라.

예 기 불 안

잘 하려는 욕심이 나를 벼랑 끝 지옥으로 내몰았다. 언제나 날이 서 있었고 예민한 탓에 잠을 제대로 잘 수 없었다. 나를 감옥에 가둔 것은 결국 나 자신이었음을 죽음 앞에서 직면했다. 늘 안고 살던 시한폭탄이 터지고 나서야 자유와 웃음소리를 서서히 찾아간다. 다 자란 몸으로 부모님 앞에서 춤을 추고 말도 안 되는 투정을 부리니 철없어 보여도 잠시나마 미소 지을 수 있어 좋다.

난 여전히 약을 먹는다. 폭탄이 터져버렸던 그 자리에 다시 가보니 턱 밑까지 숨이 조여왔던 그날의 기억이

여전하다. 차라리 터져버린 것이 나를 살린 것이라 생각하며 감사해한다. 아픔으로 변명을 대고 합리화하고 싶지 않지만 그로 인해 얻은 것이 참 많다. 우리는 결국 우리가 짊어질 수 있는 정도의 아픔만 겪으며 살아간다.

요즘 나의 일과는 시간을 심어 열매를 기다리는 것이
다.

자 존

자기 자신을 사랑하라고 자존감을 높이라고들 한다. 그 구체적인 방법은 제시하지 않아 골똘히 생각을 해보았다. 결국 그 어떤 악순환의 고리를 끊기 위해서는 작은 투자가 필요하다는 결론을 내렸다.

자제력. 더 나은 내가 되기 위해 운동을 하고 불필요한 연락을 줄이고 스스로를 제어할 수 있다 보면, 그 과정 속에 발견된 의지적인 나로부터 긍정적 자아개념이 형성되지 않을까.

나 돌봄

힘들 때 힘든 모습을 남에게 보이는 것은 자연스럽고 또 그런대로 괜찮다. 사람은 누구나 힘들 때가 있고 기대고 싶을 때가 있으니. 하지만 내가 나를 미워하며 자신 없어 하고, 사랑하지 않는 태도는 남에게 비춰질수록 손해이다. 언제 어디서나 그 누구에게 존중받아 마땅한 나이지만, 어느 누구도 자기 자신보다 나를 더 아껴줄 사람은 없으니 내가 나를 아껴주고 늘 돌보아 사랑해야 한다. 그제서야 비로소 타인 역시 나를 존중할 수 있게 된다.

무심코 본 달력이 오늘을 가리켰다. 이유 없이 일어나는 일은 세상에 단 하나도 없다는 것을 알면서도, 각자의 인생에서 존재하지 말아야 했던 하루쯤은 누구에게나 있다. 늘 그렇듯 영원한 건 단 하나도 없다. 슬픔도 행복도 그 모든 관계도. 제 각각 유통기한만 다를 뿐이다. 이렇게 시간에 쫓기며 사는 것도 참 덧없다. 순간의 찰나를 놓치지 말아야 한다.

단말마

인간이 죽을 때 느끼는 가장 극도의 고통을 '단말마^{斷末}^魔'라고 한다. 단말마는 우리 삶의 다양한 고통으로 이미 닥쳐 있을지 모른다. 물리적인 고통부터 극도의 정신적 고통까지. 다른 시간, 다른 공간에 있었더라면 느끼지 않아도 될 단말마를 지금, 여기에 존재한다는 이유만으로 겪고 있을지도 모른다.

취업을 준비하는 이에게는 또다시 마주한 '합격자 명단에 없습니다'라는 문구가 단말마의 계기가 될 것이고, 사랑하는 사람을 떠나보낸 누군가에게는 그 사람의 여운이 문득 느껴질 때, 옅은 단말마를 느끼게 될 수도 있다.

물론 망자(亡者)가 죽음 앞에 직면한 단말마와는 그 무엇도 비교할 수 없지만, 말 그대로 망자는 말이 없으니 각자가 느끼는 모든 극도의 고통을 단말마라고 할 수 있지 않을까. 오늘도 이 세상의 많은 사람들이 단말마 앞에 눈물을 흘리기도 하고, 스스로를 다독여 밤의 끝을 스르르 놓아주기도 하고, 또는 단말마를 이기지 못해 망자가 되기도 한다.

직면

사람 사는 것 다 똑같다 해도 들여다보면 모두가 다른 모습이고, 사람 사는 것 다 각자 다르다 해도 아팠다 나아졌다 하며 사는 모습은 모두 비슷하다. 상처가 생겼다는 것은 곧 나을 수 있다는 것을 의미한다.

우리가 하는 생각과 행동은 수면 아래 알 수 없는 깊이의 무의식에서 비롯된다. 하루에도 몇 천 번 마시고 내뱉는 공기처럼 수십 년 자리 잡은 무의식이 지금의 나를 만들고 상처를 곪게 한다. 그야말로 다행인 일은 상처가 곪디 곪아 터져주는 것이다. 그렇다면 치료하며 앞으로 나아갈 일만 남았으니 말이다. 그 누가 아프면

참지마라 했던가. 아마도 극한의 상황이라면 참을지 말
지조차 고민할 겨를이 없을 것이다. 나부터 살고 봐야
하니까. 그것은 생生의 의지이다. 그 생의 의지 앞에서
우리는 오롯이 혼자가 되어 '지푸라기라도 잡고 싶은
나'와 직면한다.

호불호

좋아하는 것은 영화의 엔딩 크레딧, 이름에 'ㅈ'이 들어
간 남자, 살이 에일 듯한 겨울바람, 울며 엄마 품에 안기
는 일, 책의 좋은 구절에 오직 연필로 밑줄 그으며 읽는
것, 숨이 끊어질 듯한 달리기, 강아지 발 냄새, 선물을
고르는 시간, 아빠와 엉터리 중국어로 나누는 대화, 가
슴에 귀를 대고 심장 소리를 듣는 일, 낯선 지방의 음식,
사랑하는 이의 눈썹을 쓰다듬는 일, 불의를 지나치지
못하는 사람, 삶의 방향을 끊임없이 고민하는 내 모습.

싫어하는 것은 소문을 알리는 전화, 흘러가는 대로 사
는 삶, 언성을 높이는 대화, 무색무취의 무표정, 한껏 부

푼 기대를 가라앉히는 일, 오랫동안 고민하는 일, 주말
아침 청소기 소리, 동물원, 어른이 되어버린 나.

많이 성숙한 줄 알았던 나는 여전히 눈물 많은 어린 아이에 멈추어 있다. 작은 꼬마 아이는 성인이 힘을 주어 밀면 픽 하고 쓰러진다. 당연한 일이다. 그런데 어엿한 성인은 누군가 밀칠 때마다 쓰러지지 않아야 한다. 쓰러진 후에는 아무도 매번 일으켜 세워주지 않는다.

외부로부터 자극을 받을 때마다 반응을 보이는 나를 내가 바라본다. '또 울고 있구나. 이제쯤 괜찮아진 줄 알았는데, 여전히 어린 아이구나? 그래. 마음까지 튼튼한 어른이 된다는 건 쉽지 않은 일이야. 그런데 넌 어른이잖아. 어른이니까 어른다워지자. 한 발 물러났으니까 이제

두 발 앞으로 나가면 되는 거야' 이렇게 오늘도 나는 나
와 마주한다.

예시 답안

가끔 우리는 자신의 말이 모두 정답인 양 하는 사람을 만날 때가 있다. 그러나 그가 말하는 세상이 전부가 아니라는 것은 그를 제외한 모든 이가 알고 있다. 결코 그의 말이 모두 정답일 수는 없다. 어쩌면 경험과 연륜에 따라 '예시 답안' 정도는 될 수 있을지 모른다. '각자 다르게 거쳐온 시공간 속에서 어떤 것도 정답이 될 수 없다'는 쉬운 이치를 우리는 시간이 흐를수록 부정하며 산다.

Calling you

어느 영화를 보고 나는 다짐했다. 죽기 전에 꼭 한 번은 모래 바람이 휘몰아치는 사막 언덕에 누워 그 영화의 삽입곡을 듣겠노라고. 혼자여도 충만함으로 차오를 그 시간에 같은 감성을 공유하는 누군가와 함께한다면 더할 나위 없으리라. 사랑하는 이가 아닌, 어떤 낯선 이라 해도 음악이 멈춘 뒤 고요한 침묵을 소중히 여기는 이라면 그로써 충분하리라. 언젠가 사막에 누워 내 눈가로 쏟아지는 별을 닦으며 이 글을 다시금 읽는 날이 오기를 간절히 바란다.

색깔이 있는 인간이라야 한다. 물에 물 탄 듯, 술에 술
탄 듯, 무미건조하고 몰개성적인 인간이기를 거부해야
한다.

가식

아닌 척하고 살지만 세상에서 가장 편협하고 보수적인
사람은 내 자신이 아닌가 싶을 때가 종종 있다.

마음 메모

— 네 속이 원래 넓지를 못한데 왜 무리하게 마음의 평수를 넓혀? 그러다 마음 찢어지는 거야.

— 죽음이 두려운 것이 아니라 사랑하는 사람들에게 진심을 다 표현하지 못한 후회가 두려운 것이다.

— 그 사람을 생각하지 않으려고 애를 쓰다 보면 내가 그를 얼마나 많이 생각하고 있는지 깨닫게 된다.

— 영혼이 닮은 사람은 멀리서도 서로를 알아본다고 했으니….

— 어떤 사람을 선택할지 말지 결정하기 전에 내가 어떤 사람을 만나야 행복해질 수 있는 사람인지 알아야 한다.

— 불 꺼진 방에 앉아 향초의 나무 심지가 타닥타닥 타 들어가는 소리를 듣고 있으면 괜스레 마음이 평온해진다. 변한 건 아무것도 없는데 말이다.

Paradise

Photography by Zhi Mikel & words by Morgan Milford

새로운 사람을 만나기가 어렵다. 특히 이성은 항상 목
적을 가지고 다가오는 것 같아, 그 호기심과 목적이 충
족되는 순간 나를 떠날 것 같은 불안감에 마음을 열기
어렵다. 의심을 하고 또 의심을 한다. 진심을 왜곡하고
곡해해서 비꼬아버리기 일쑤다. 상대에겐 무례한 행동
이지만 내 마음이 그렇다. 그러다 떠나가버리면 인연이
아니겠거니 치부해버린다.

착각

모두들 착각 속에 살고 있다. 저마다 자신이 지어낸 착각 속에서 피어난 믿음을 굳건히 하며 스스로를 위안한다. 오해와 착각으로 빚어진 인생은 내가 나를 속이며 마음 달래 잠시나마 평온하기 위함인가. 사실과 진실을 직면했을 때 한없이 작아질 불쌍한 나를 위함인가. 그럼에도 옳고 바른 것을 지향하고, 타인의 마음을 공감하려 노력하는 삶이고 싶다.

나의 슬픔을 마냥 자기 일처럼 안타까워하고, 나의 기
쁨을 나보다 더 만끽해줄 수 있는 사람이 과연 가족 이
외에 또 존재할까. 한 치의 부러움, 한 치의 시답잖은 동
정이 아닌 진심의 눈물을 흘려줄 수 있는 사람이 과연
존재하긴 할까. 나는 누군가에게 그런 존재가 될 수 있
는가에 대한 고찰을 더한다.

세상 끝날 때까지 영원할 것 같던 그 어느 관계도 감정
선 하나 틀어지면 멀어지기 마련이다. 세상에서 가장
좋은 친구는 나 자신이 되어야 한다. 내가 누구와 무얼
할 때 가장 행복하고 편안함을 느끼는지, 어떻게 휴식

을 취할 때 흡족함과 풍요로움을 느끼는지, 가만히 가
만히 알아가고 싶다.

자화상을 그리는 시간

누구보다 내면이 단단해지고 싶었다. 쓸데없이 물러터진 성격에, 수도꼭지마냥 어디서든 쏟아낼 눈물까지 완벽히 준비된 내 모습. 어떤 이들은 아무렇지 않게 지나칠 일들을 애써 내 시간과 돈을 들여 도와야 했고 베풀어야 했다. 그래야 마음이 편했다. 아니, 그래야 스스로가 뿌듯하고 대견했겠지. 나는 스스로를 어디서나 모범이 되는 사람으로, 선한 사람으로 보이기 위해 노력한 것이었다. 분명 나도 여느 인간처럼 선함과 악함이 공존하는 사람인데 선함만을 허용하며 내 손발을 묶고 입을 꿰매어버렸다.

이제 더 이상 나를 부정하지 않기 위해 내려놓으려 한다. 덜 생각하고 빠르게 내뱉고 행동한다. 더 이상 생각이 본능을 지배하지 않도록, 그럴 듯하게 만들어진 가짜 언어가 살아 움직이는 가장 본연의 나를 가리지 않도록 노력한다. 화를 주체할 수 없어 입을 닫아버리고 눈물을 흘리는 것도, 공부하기 싫은 날 하루종일 침대에서 한 발짝도 움직이지 않는 것도, 목소리를 내고 싶지 않을 정도로 짜증이 가득한 날 받기 싫은 전화를 보고 모른 채 해버리는 것도. 모두 다 '나'이니까. 나는 그런 '나'를 사랑해야 할 의무가 있다.

분별하지 않을 때
비로소 우리는

지금껏 짜증나고 불쾌했던 일은 모두 내 마음대로, 내 뜻대로 되지 않아서였다. 내 뜻대로 합격하지 못해서, 내 뜻대로 상대가 행동해주지 않아서, 심지어 내가 원하는 그 가게가 하필 그날 문을 열지 않아서 말이다. 그런데 세상일은 상대적이라 내가 불쾌하고 짜증이 났다면 그걸로 누군가는 만족하고 웃음지어 안도했을지 모른다.

내가 시험에 떨어진 것은 나보다 그 자리가 더욱 필요한 사람에게, 그 순서의 누군가에게로 돌아가 안도감과 행복을 주었을 것이고, 내가 원하는 대로 행동하지 않왔던 그 사람들은 그로써 자신을 지키고 고수하며 자존감과 자아를 지켜냈다. 또한 하루 문을 닫고 쉰 그 가게의 주인은 사랑하는 사람들과 오랜만에 화목한 시간을 가졌을 것이다. 그러하기에 깊이 원망하려, 또는 길길이 뛰며 좋아할 일도 하나 없다. 무엇이든 삶은 실도 득도 아닌 언제나 '0'이라는 마음으로 분별하지 않아야 내 마음의 평정심을 찾는다.

나에게 주어진 모든 것을 담대하게 받아들이는 자세가
필요하다. 이 세상에 나를 온전히 이해해줄 수 있는 사
람은 존재하지 않으므로, 나마저 나를 이해하지 못한다
면 그 얼마나 서글픈 일인가.

연습되지 않는 것

연애 경험, 연애의 깊이 따위로 이별의 아픔이 숙달되지 않는다. 속이 상한다. 마음에 멍이 들어 노랗게 더 노랗게 썩어간다. 제대로 갖추고 있는 것 하나 없는 요즘 잃은 사랑에 홀로서기가 더 힘들어진다.

기록 장애

하나하나 다 기록해두어야 한다. 망할 기억력이 절정의 순간에 날 바보로 만들고 있다. 더 이상 모든 것이 왜곡되지 않도록 당신의 행동, 말, 억양, 강세. 모든 걸 기록해두어야 한다.

부당한 말

"그럴 만해서 그런 거야."라는 말은 모호하기 짝이 없다. 그럴 만하다의 기준은 무엇이며, 그럴 만하지 못한 사람들의 노력은 또 얼마나 폄하되는 말인가. "그 아이는 그럴 만해서 붙은 거야." 눈에 보이지 않는 것, 그저 귀로 듣고 넘어갈 수밖에 없는 모호한 것들이 한 사람의 눈물을 빼앗아버린다. 그럴 만하지 못했던 나에게 끝없이 질문했다. 나는 대체 무엇이 그럴 만하지 못했었나.

예술은 자유다

끊임없이 사고하고 표현하는 일은 나를 자유롭게 하는
최대의 방편이다. 경험한 것으로 그치지 않고 글을 쓰
거나 그림을 그리거나, 음악을 만들거나, 그 어떤 수단
으로든 창작물을 내었을 때 나만의 예술 작품이 되며
그 작품 안에서 자유로움을 느낀다.

상담기록물

펜을 잡고 앉아 있어도 자꾸만 내 속의 여린 아이는 눈물을 흘리고 있었다. 그분을 찾아가 여쭈어보았다. 그분은 평상시 나를 대하는 그 평온하고 유려한 표정에 단 하나의 변화 없이 대답하셨다.

A_ 어디 기대어 펑펑 울고만 싶어요. 무얼 해도 제 마음에서 울고 있는 소리가 들려요. 저 우울증인 걸까요? 어떻게 하죠?

B_ 퇴행입니다. 퇴행. 어린아이로 돌아가고 싶은 거죠.

네 살 아이가 울고 싶어 엄마 품에 안겨 울면 어때요?
그럴 수 있죠? 근데 다 큰 성인이 그러면 누가 그거 다
받아주겠어요. 물론 한두 번은 그럴 수 있어요. 그런데
자꾸만 받아주다 보면 그게 바로 겉만 늙어가는 철부지
가 되는 겁니다.

A_ 그래도 자기 감정에 솔직하게 울고 싶을 때 울고, 기
대고 싶을 때 기대는 게 건강에도 더 좋지 않을까요? 그
럼 이 울고 싶은 마음은 어떡하죠?

B_ 그 우는 아이, 누가 달래줘야 하겠어요? 본인이 눈

물 닦아주고 달래줘야 해요. 스스로 그 나이와 상황에 걸맞게 의식하고 행동할 수 있도록 자기 자신과 대화를 나눠보세요. "그래. 너 많이 지쳤구나. 울고 싶었구나. 그래도 창피하게 아무 데서나 티내고 울고 그러면 조금 그렇잖아. 이겨낼 수 있어. 너는 잘 하고 있어." 그렇게 사람이 성숙해가는 겁니다. 그걸 '무의식의 의식화'라고도 하는데, 사실 성숙의 기준은 없습니다. 그리고 70~80세가 되어도 당신은 성숙하기 위해 노력하고 있을지도 모르지요.

다만, 이렇게 스스로 본인 내면의 여린 아이를 알아채고 성숙하려는 자세를 가진 것부터 벌써 반은 성숙한 거라 볼 수 있어요. 본인의 우는 아이를 달랠 수 있는 사람이 되면, 이제 다른 사람 마음속의 울고 있는 아이의 눈물을 알아채고 닦아줄 수도 있겠죠? 그렇다고 당신에게 과잉 성숙을 권하는 건 아닙니다. 이해하시죠? 아마 당신은 좋은 어른이 될 거라는 생각이 듭니다.

그분과의 대화는 무엇과도 바꿀 수 없는 시간이다. 내게 겉만 멀쩡한 인간이 아닌 내면으로부터 성숙한 인간이 되기 위한 자양분이 되어주시는 그분과의 시간이 매우 소중하다.

구매 목록

- ☐ 책 많이 읽기
- ☐ 주변 사람을 진심으로 사랑하기
- ☐ 정치와 시사에 관심 가지기
- ☐ 여행 떠나기
- ☐ 인내하는 연습하기
- ☐ 편지 쓰는 습관 기르기
- ☐ 나로 인해 고생했을 가족들 더 챙기기
- ☐ 내게 맞는 화장법과 스타일 찾으려 노력하기
- ☐ 기록하는 습관 가지기
- ☐ 하루에 정해진 시간을 날 위해 비우기
- ☐ 생각을 더 많이 하고 정리하기

- 남을 비방치 않으려 노력하기
- 사소한 일에도 감사 인사하는 습관 기르기
- 웃는 연습하기
- 가치관을 재정비하기
- 나만의 정원 가꾸기
- 나를 위해 모든 것을 용서하기
- 더 나은 사람 되기

독 립

독립에 대한 생각이 부쩍 늘었다. 여태 자립하지 못한
책임이 분명 나에게만 있다고 생각하지는 않는다. 정신
적 독립과 더불어 경제적인 독립이야말로 '독립'의 마
지막 퍼즐을 맞춘 것이라 생각해왔다. 정신적 독립의
기준은 '스스로 평가하고 결단해 그 일을 책임을 질 수
있는가'에 달려 있다. 이러한 선택과 책임에 부득이하게
빠질 수 없는 것이 바로 '돈 문제'이다. 정신적으로 아
무리 독립해 있다 해도 경제적인 문제가 해결되지 않으
면, 같은 공간 내 이미 성숙해버린 두 자아가 부딪혀 서
로 내지 않아도 될 상처를 내버리기 때문이다.

독립은 경제적 독립에서부터 정신적 독립으로 완성된

다. 여기에 완전한 행동적 자유는 덤이다. 내년은 부디 거취와 관계없이 독립할 수 있기를 희망한다. 진정으로 세상에 내던져지는 것이다. 엄마 자궁 속을 힘겹게 빠져나올 때 처음 이 세상과 마주했노라 생각했지만, 여태껏 나는 엄마 자궁 속 아늑한 방에서 부모님의 탯줄을 통해 호의호식하는 '늙은 태아'에 불과했다. 이제야 홀로 세상에 첫발을 내딛어보려 머리를 굴려본다. 험한 풍파 속에 이겨내야 할 것이 많을 테지만, 이미 태아에서 성인으로 다 커버린 나를 믿고 잘 돌봐가며 시퍼렇게 날선 세상과 직면하고 싶다.

책 선물

언젠가 읽던 책을 선물하고 싶었다. 내 눈동자가 머문 그 길을 따라 당신도 같은 종이 위에 머물기를 바라는 마음으로. 특별히 연필로 그어 내려간 자리는 당신이 내 마음으로 오는 이정표쯤으로 남겨두었다. 이를 기억해두었다 서로를 까마득히 잊은 훗날, 영혼끼리 마주하여 안부를 나눌 수 있도록 말이다.

그렇게 몇 년의 시간 동안 책장에 가만히 꽂혀 나의 숨과 체취를 흠뻑 머금은 그 책이 당신에게 전해졌다. 이제는 당신의 시공간 속에서 새로운 향기가 덧베여져 나와 당신이 만든 이 세상 유일의 것이 될 것이다. 긴 시간

이 지나고 우리 서로 다시 모르는 사이가 되어도 지금
을 추억할 수 있는 유일의 것이 되기를 바라며 당신에
게 고이 보낸다.

보물찾기

나에게 영화를 보는 즐거움이란 연출자와 감독이 꽁꽁 숨겨놓은 것을 찾아내는 희열감에 있다. 영화 속에는 의도적인 장치 설정, 기꺼이 화면에 담겨지는 사물들, 주인공을 뒤로하는 배경, 사건의 원인과 결과를 뒤죽박죽 섞어놓은 플롯 등이 있다. 이렇게 영화를 구성하는 모든 것이 의미를 가진 채 만들어진 것이라 생각하고, 구석구석 찾아내며 나름의 주제를 이해하고 감독의 의도를 파악하는 것은 퍽 신이 나는 일이다.

자기 기준을 세우고 분석, 평가하는 일은 심오하고 가치 있는 일이다. 한 번 본 영화를 시간이 지나 다시 봤을 때, 또 다르게 다가오는 느낌은 그동안 내가 사물을 바라보는 눈이 얼마나 깊어졌는가에 대한 해답을 내려주기에 충분하다.

오늘 같이 애상적인 날의 밤에는 지난날 재미있게 본 영화를 한 편 골라 보물찾기 하듯 다시 감상한다. 영화가 끝난 뒤, 엔딩 크레딧이 올라갈 때 쯤 나는 또 한 걸음 성장해 있을 것이다.

2

그

리

고

각

성

내 마음자리는

내가 알아서 갈고닦는 것.

따스한 언어

아픈 사람을 알아보는 건 더 아프거나 아파본 사람이다. 제아무리 이해하며 다 안다고 말해도 겪지 않았다면 진실로 와 닿지 않을 낭비의 말일 뿐. 겪고 또 겪고 찢어지고 넘어진 사람은 말없이 당신을 바라보며 안아줄 것이다. 고요의 침묵 속에 피어난 위로의 바람이 서로를 감싸 안으리. 성별과 나이에 구애받지 않고 차가운 배려와 황량한 친절 속에 우리의 지독한 아픔을 공감의 눈물로 지워줄 그대가 온다면…. 오늘도 따스한 언어가 차가운 언어를 덮는다.

삶의 지향성

삶은 개인의 지향성에 의해 다채로워진다. 지나온 시간
의 내 모습이 촘촘한 점으로 모여 하나의 그림을 이룬
다. 누군가는 바다가 보이는 곳에 홀로 집을 짓고 살고,
누군가는 모든 것을 훌훌 털어버리고 자연인의 삶을 택
한다. 그것은 그들이 지향하는 삶으로 걸어가는 과정이
자 그 결과물일 것이다. 내 삶은 어느 방향으로 흐르고
있나. 촘촘한 점이 되어버린 과거와 또 하나의 마침표
를 찍는 오늘밤이 미래의 그림을 만들지어니. 과연 오
늘의 마침표는 반쪽이 아닌 가득 차오른 것일까. 내 삶
의 지향성을 가만히 생각해본다.

심력

학력이 아닌 '심력心力'을 키우는 세상이 오기를 기대한다. 마음의 능력은 줄지어 등수를 매길 수 없고 타인과 비교할 수조차 없으니. 타인의 마음을 이해하고 공감하는 능력을 무엇보다 중시하는 세상. 엄마가 울면 이유없이 따라 울던 그 때 묻지 않은 마음을 성인이 되어서도 간직할 수 있는 세상이 오기를 기대한다.

내 것을 가지기 위해 남의 것을 빼앗을 궁리를 하는 것이 아니라, 어떻게 하면 정당하게 내 것을 가지고 남까지 돌볼 수 있을까 궁리하는 세상이 오기를 기대한다. 그 가운데 '심력'을 길러내는 주체가 내가 될 수 있기를 오늘도 간절함에 허리를 꼿꼿이 세운다.

감사 일기

매일 자기 전, 오늘 하루의 고마운 사람 또는 감사한 일을 세 가지 떠올려본다. 어떤 날은 세 가지 이상 떠올라서 '나 오늘 이렇게 행복한 하루였구나' 싶을 때도 있는가 하면, 도무지 감사한 일이 생각나지 않는 날도 있다. 그럴 때면 그리도 지치고 기운 빠진 하루였음에도 불구하고 편히 잠을 청할 수 있는 지금에 감사한다. 만약 짜증나고 화나는 일만 세어가며 하루를 마친다면, 매일을 짜증나는 일들로만 채우고 있을 테니. 결국 세상은 그대로이고, 내가 어떤 삶을 살지 선택만 하면 된다.

보호색

지난 시간을 돌이켜본 내 모습은 카멜레온 같았다. 작고 겁 많은 카멜레온. 형형색색의 옷을 갈아입는 모습에 누군가는 매혹적이라 할 테지만 그것은 파멸을 피하기 위한 끝없는 발버둥이었다는 것을 누가 알아줄까. 따스하고 다정한 그를 만나면 노랗고 노란 주황색이 되어 있는 나를. 무뚝뚝하고 거친 말을 하지만 속에 사랑을 심고 있는 그를 만날 때면 파란 빛 속에 녹아 있는 연두 빛으로 물들어 있는 나를. 그토록 매력적이지만 진심이 느껴지지 않는 당신을 만날 때면 잿빛과 검은 빛으로 얼굴을 가려버리는 나를. 나는 그토록 내 색깔을 갖추지 못했다.

우리는 늘 선택의 기로 앞에 놓인다. 저지를지 말지를
두고 한참을 고민한다. 선택에 따른 기회비용과 먼 미
래까지 염려해가며 말이다. 만약 저질러도 후회, 저지르
지 않아도 후회라면 저지르는 것이 나은 선택일 수 있
다. 우리는 일을 저질러버린 뒤 짧은 시간 동안 스치는
불안한 감정을 후회인 줄 알지만, 진정 후회란 것은 저
지르지 않고 시간이 많이 흐른 뒤에 느끼는 미련 따위
일지도 모른다.

아 차

아차. 무언가 일이 잘못되었음을 깨닫는 찰나에 입 밖
으로 터져나오는 소리. 계단을 헛디뎌 발목 인대가 다
끊어져버렸을 때, 나는 '아차' 싶었다. 당신에게 다시 돌
아가 우리가 헤어진 이유를 마주했을 때, 나는 '아차' 싶
었다. 어느 날 할머니께서 패혈증으로 촌각을 다투는
상황이 되어 눈을 꼭 감은 할머니 얼굴을 마주하니, 그
제서야 나는 '아차' 싶었다. 그렇게 나는 '아차' 하며 배
웠다. '계단을 조심해야지. 다신 지나간 인연을 붙잡지
말아야지. 곁의 사랑하는 이들과 건강할 때 자주 자주
마주해야지' 오늘도 '아차' 하며 배웠다.

나도 모르게 뱉은 말이 어떤 사람의 인생에 지대한 영
향을 미칠 수 있음을 늘 잊지 않으려 한다. 고등학교 때
우리 반에는 비만인 친구가 있었다. 공부도 성실히 했
고 친구들과 같이 잘 어울리며 모난 데가 없는 평범한
여고생이었다. 그런데 어느 날, 수학 선생님께서 그 아
이에게 던진 한마디는 평생의 상처가 되었고, 당사자가
아니었던 다른 친구들에게도 적잖은 충격을 주었다.

선생님은 수업시간 교실 순회 지도를 하시며 그 아이
옆에 다가가 "니는 왜 팔에 다리를 붙이고 다니노?"라
고 크게 말씀하셨다. 순간 시간이 멈춘 듯했다. 위트 있

는 유머라도 하신 듯, 반 아이들의 웃음을 기대하셨던 걸까. 얼어붙은 교실 분위기에 어색해하시며 교단으로 돌아가시던 뒷모습이 기억 속에 생생하다. 타인의 언행은 어떤 식으로든 우리에게 영향을 준다.

감 정 연 습

겸손히 받아들인다는 것은 아마도 "그래, 그럴 수 있어.
그렇게 생각할 수 있겠구나." 하고 상대를 인정하는 것
에서부터 시작하는 것 아닐까.

인간관계에서 내려놓는 일은 자기 일에 집중하는 것에
서 시작된다. 본인의 공부, 소소한 취미, 업무 등 나만의
것에 우선순위를 두다 보면 서서히 상대와 적절한 거리
감이 유지되면서 말이다.

그런데 참, 말은 쉽다. 글은 이리 쉽게 쓰이지만 얼마나
속이 까맣게 타들어가는 일일까. 상상이 되지 않는다.

결국은 받아들이고 내려놓고자 하는 고통 속에서 그 결과를 터득하게 되는 것일지도 모르겠다. 감정도 연습이 된다면 얼마나 좋을까.

낭비와 소진, 말

왜 그리도 말이 많았나. 내뱉어지는 것은 침묵보다 나은 것이어야 한다. 흙이 잔뜩 묻은 발로 남의 마음에 들어가 진흙탕을 만들어놓고서, 왜 또다시 발 씻을 곳을 찾는가. 편지의 말미에는 늘 행복하자고 쓴다. 행복하자고 꾹꾹 적어대며 우리가 실상 행복하지 않음을 새삼스레 깨닫는다.

동력

세상은 인간의 부끄러움과 부러움을 야금야금 빨아대며 몸집을 키운다. 나보다 잘난 상대를 보며 대놓고 부러움을 느끼거나, 아닌 척 뒤로 숨어 스스로를 부끄러워한다. 어쩌면 그 힘으로 모두가 함께 앞으로 나아가는지도 모른다. 아니, 나아가지만 결국 후퇴하는 것일지도. 상대가 가진 배려심과 귀한 마음을 존경은 하지만 거기에 그치고, 상대가 가진 외형과 물질에는 기를 쓰고 빠른 시간에 얻어내려 노력하는 것이 인간의 한 단면이다. 가까이에서 보면 이 과정들이 모여 우리는 나아가는 것으로 보이지만, 멀리서 보았을 때 우리는 나아간 만큼 후퇴하고 있다.

육 감

세상을 살아오며 어느 정도는 사람 보는 눈이 자랐다고
생각했다. 건방지고 어리석은 태도였음을 반성하기에
는 이미 많은 시간이 흘렀다. 대부분의 사람들 또한 제
각기 사람을 판단하는 기준을 가지고 있을 것이다. 그
런데 그 기준에 따라 내린 판단이 틀렸음을 인지하기
시작한 후로 잔잔했던 마음에 파도가 치기 시작한다.

언제나 마음이 중심이다. '내 마음대로' 사람을 판단하
고 '내 마음대로' 그 사람에게 행동하므로. 나는 남의 마
음을 움직이고 바꿀 능력은 없지만, 내가 내 마음 하나
는 그저 마음대로 놀릴 수 있지 않을까. 마음에 안경 씌

우지 말고, 지레 색 입히지 말고 타인을 대하다 보면 마음이 아닌 몸으로 느낀 감정이 내게 말할 것이다. "이 사람은 진정 마음 깊이 나를 위하고 있어. 믿어봐도 괜찮아."

엄 마

어젯밤은 눈을 제대로 뜰 수 없을 만큼 눈물을 쏟아냈다. 인간관계에는 절대 좁혀질 수 없는 간극이 존재하는 사이가 있다. 안타깝게도 내게 그 사람은 엄마라는 존재. 다름을 인정하고 내려놓으려 하지만, 그래도 엄마이기에 결국 버리지 못하는 마음은 내 욕심인 것이다. 내가 엄마가 되면 이해할 수 있는 감정들일까. 묻고 또 묻는다. 그때, 내가 사랑하는 우리 엄마는 이렇게 말한다. "시집 가서 딱 너 같은 딸만 낳아라."

망각

시간의 다른 말은 망각이다. 망각은 인간에 내려진 축복 중 하나라지만 원하지 않는 기억까지 무분별하게 지워버리는 망각은 달갑지 않다. 마치 바탕화면에서 지우고 싶은 파일만 휴지통에 넣듯 선택적 망각을 할 수 있다면 얼마나 좋을까. 아니 어쩌면 무분별한 망각이기에 매일 반복되는 사소한 행복에도 기쁨을 느낄 수 있는 것일까.

감정 쓰레기통

속상한 날, 전화를 붙잡고 하염없이 내 이야기를 했던 적이 있었다. 어딘가에 터놓고 나면 마음이 후련해지고, 해결된 일은 하나 없지만 그 자체로 놓아둘 수 있으므로. 물론 내가 이야기를 들어주는 사람일 때도 있었다. 직접 그 일을 겪지는 않았지만 답답한 심정은 공감할 수 있다.

그런데 시간이 지나고 나서 남에게 나의 우울한 이야기를 털어놓는 일이 조심스러워지더라. 전화를 걸고 전화를 끊는 행위가 마치 나의 우울을 감정 쓰레기통에 쏟아붓고 닫아버리는 일 같아서.

감정은 향기처럼 퍼지고 바이러스처럼 널리 전염되기

마련이다. 나의 우울함을 전화선 너머에 던져두고 잊어버리기엔 상대방의 따뜻한 배려가 너무나 억울하지 않은가. 내 마음자리는 내가 알아서 갈고닦는 것. 감정은 잠시 내려두고 지켜보는 것이 필요하다.

"층간 소음으로 스트레스 받고 계신 분 있으신가요. 여기 해결 방법 두 가지가 있어요. 첫 번째는 이사를 가는 거예요. 정말 간단하죠? 그런데 이사를 갈 수 없다면 두 번째 방법을 사용해보세요. 윗집으로 곧장 올라가서 그 아이들과 친해지는 겁니다. 내가 아는 아이의 발소리는 그래도 조금 작게 들릴 거 거든요."

지금까지 들은 이야기 중에 가장 기억에 남는 이야기에요. 편견을 없애는 첫 번째 단계는 그 대상과 가까워지는 것이라고 하죠. 오히려 내가 그 사람에 대해 잘 모르기 때문에 색안경을 끼고 편견을 갖게 되는 것이라고 해요. 이렇게 보면 나와 다른 그 사람도 '그래. 그럴 수 있어'라고 이해해줄 수 있지 않을까요.

무덤이 동그랗게 생긴 이유는 '죽음'을 다시 엄마의 뱃속에 돌아가는 것으로 형상화했기 때문입니다. 믿거나 말거나라지만 정말 따뜻한 이야기 아닙니까. 저는 이런 시답잖은 이야기를 당신과 나누는 것이 좋습니다.

고통 나누기

고통을 조금씩 나눌 수 있으면 좋겠다. 세상에 존재하는 고통은 내 것만이 전부가 아닐 수 있다. 혼자 감내할 수 있는 고통의 최고치가 백이라면 열 명이서 십씩. 백 명이서 일씩. 행복은 마치 복권처럼 누군가 왕창 혼자 받아도 좋지만, 고통만큼은 우리가 사이좋게 나눠서 희미하게, 옅어질 수 있으면 참 좋겠다.

음악 듣기

스스로가 떳떳하다면 아무나 잡고 그렇게 이야기를 늘어놓지 않는다. 왜냐하면 아무 말 하지 않아도 스스로가 떳떳하기 때문이다. 누군가에게 '그렇지 않느냐?'라든가 '다들 그렇게 하는 걸, 왜 그러느냐?'라든가 '내 말이 틀렸어?'라고 되묻는 형태의 말들은 대부분 자신의 내면 깊은 곳에서부터 잘못된 것을 인지하면서도 그러한 자신을 부정하고 싶지 않은 추악한 결과였다.

지금도 가까운 곳에서 들려오는 추악한 합리화의 말들이 우리의 귀를 더럽힌다. 매일 밤, 음악으로 귀를 씻어낸다. 적어도 음악은 스스로를 그리고 상대방을 속이려 들지 않기 때문이다.

하수구 구멍에 머리를 박고 죽어 있는 비둘기 한 마리를 보았고 길을 잃고 사람들 사이를 피해 다니던 아기 개구리를 보았고 누군가는 놀라 달아날 죽은 쥐 한 마리를 보았다. 탄생과 죽음, 만남과 이별에 허황된 시간은 터무니없이 흘러간다.

학부 때 문학교육 쪽으로 정평이 나 있는 원로 교수님
께서 특강을 오셨다. 문학과 문학 교육 본질에 대해 강
의하시고 사범대 학생들의 진로에 대한 진심 어린 조언
으로 아주 평범하게 마무리되었다. 어쩌면 시간이 지나
하나도 떠오르지 않을 이야기들이었다.

그런데 이 시간을 뇌리에 새겨준 이야기가 있었다. 한
학생이 "교수님께서 공부하실 때 스트레스는 어떻게 관
리하셨나요?"라고 질문했다. 교수님의 답변이 지금도
머리에 떠오른다.

"나는 공부가 잘 안 될 때, 지식 뽐내기 친구와 편지를 주고받았어요. 멀리 살든 가까이 살든 상관없습니다. 서로가 가진 그 어떤 지식이든 편지 한 장에 써서 우편으로 주고받았습니다. 허영과 허세로 가득차도 좋습니다. 한 주제에 대해 서로 격렬히 토론을 하기도 하고, 감명 깊게 읽은 시 한 편을 써 보내기도 했지요. 여러분도 그런 취미 한번 가져보면 어떨지요. 스마트폰 메시지 말고 손편지로요."

아 빠

아빠 생각만 하면 그렇게 눈물이 난다. 가장의 역할이 얼마나 힘드실지, 그 짐이 얼마나 무거우실지 가늠이 되지 않는다. 예민함이 극에 달하고 자주 투덜거리던 청소년기, 학교 마칠 시간쯤이면 자주 아빠한테 전화가 왔다. "우리 딸 사랑한다."라며 들려오는 중저음의 목소리가 친구들 사이에서 어찌 그리 쑥스러웠는지 대답도 얼버무리며 끊기 일쑤였다.

내가 어른인 척 성숙하다고 자부하면서도 '나는 저런 부모이자 배우자가 될 수 있을까'를 생각하면 아직 덜 성숙했음을 뼈저리게 느낀다. 지금까지 아빠가 내 든든

한 지원군이었다면 이젠 내가 아빠의 지원군이자 둘도
없는 친구가 되고 싶다. 아빠가 건강하셨으면 좋겠다.
영원히.

못난 마음

같은 일을 하다 보면 나보다 좋은 성과를 내는 사람에게 시기어린 질투가 나기 마련이다. 사람이라면 자연스레 드는 감정이기에 이를 못난 마음이라 하기 어렵다. 그런데 거기서 그치지 못하고 질투의 마음을 작은 불씨로 키워 그 사람에게로 미움의 바람을 날렸을 때, 큰 화를 면하지 못하는 것은 정작 '나'이다.

미워하는 못난 마음이 남에게 옮겨갈 더 못난 언어로 바뀌어버리기 전에 한 번만 되뇌어보기로 했다. "마음아, 못난 마음아. 질투하는 마음은 충분히 이해해. 그렇지만 타인을 시기하는 마음으로 스스로를 더 못나게 만들지 말자. 저 사람은 분명 쌓아온 것이 많을 거야. 그를 인정하고 나를 인정해. 그리고 더 열심히 하는 거야. 예쁜 마음아."

머리 비대증

머리가 무거워서 자꾸만 기댈 곳을 찾는다. 생각을 덜어내고 걱정도 조금 덜어내어 가볍게 홀로 걸어가야 한다. 그렇게 걷고 걸어 맞은편에서 홀로 걸어온 그대를 만나 두 손 맞잡고 따뜻하게 안아주기를 고대한다.

불행의 지름길

행복에 대한 기준은 제 각각이다. 하지만 그중 가장 저급한 논리는 타인과 비교에 의한 행복이다. '그 사람은 아직 취직도 못 하고 있지만 난 그래도 직장을 얻어 돈을 벌고 있으니 행복한 거야.' 혹은 '그래도 내가 개보다 낫지.'라는 조잡한 논리로 행복을 구성한다면 이내 불행해질 것이다. 끊임없이 비교대상을 찾고, 또 찾으면서 정작 자신에게 주어진 행복의 기회와 가치는 알지 못하기 때문이다. 남과 견주어 앞서거나 뒤처진다는 마음으로 자신의 가치를 매기는 일은 자신을 더욱 불행하게 만드는 지름길이다.

도둑

마음에 도둑이 들기를 바라며 마음 창문의 빗장을 풀고
활짝 열어두었다. 나의 절망과 한숨을, 두려움과 불안
을 다 앗아가버릴 도둑이 들기를 바랐다. 그런데 그 틈
사이로 자존감과 긍정, 사랑이 새어나가는 줄은 모르고
그저 절망과 한숨만을 껴안고 도둑을 기다렸더라. 도둑
도 남의 절망과 한숨은 싫은가 보다.

하늘을 나는 것

하늘을 나는 새는 어떤 기분일까 종종 생각했다. 줄 하나에 의지한 채 꿈꾸던 새가 되어보았다. 땅에 닿아 있던 두 발이 드디어 하늘의 입구에 놓여 바람의 기류에 몸을 맡기고 두둥실 두둥실 흘러다녔다. 자를 대고 그은 듯, 일정하게 잘린 논과 밭, 강변이 손 안에 들어올 듯하고 줄지은 자동차들이 시야에 가득 찼다. 잘 만난 센 기류 속에 신이 난 듯 기술을 뽐내기도 했다. 늘 닭장 같은 공간, 활자들 속에 숨 막히던 날들이 하늘색 푸르름에 지워지는 듯했다. 귓잔등을 스치던 그 바람이 아직도 여전하다.

어 화 통

"아무리 멀리 떨어져 있어도 소리를 들을 수 있군."

이 생각에 고종은 당대 그 비싼 전화기를 경기도 남양
주시 금곡동 141-1번지 홍릉에 설치했다. 홍릉은 그의
부인 명성왕후의 무덤이 위치한 곳이었다. 고종은 아침
마다 홍릉에 있는 주인 없는 전화기에 전화를 걸어 이
렇게 말을 했다. "여보, 어제는 춥지 않았소?" 고종은 매
일 아침 무덤으로 전화를 걸어 세상을 떠난 민씨에게
안부를 전했고, 그때마다 구슬피 울었다.
그리고 일제에 의해 퇴위 당하는 마지막 날. 그날까지
도 고종은 대답 없는 부인에게 전화를 걸어 안부를 전

하고 마지막 인사를 했다. 비록 후대의 평가에 의해 역사적으로 비판의 대상이 될지언정, 부인을 향한 고종의 의지와 사랑만큼은 비껴갈 수 있지 않을까.

사랑은 그러하다. 죽음을 넘어서 이승과 저승의 길 사이에도 전화기를 놓아 그 끈을 이어가고 싶을 만큼 애절한 것이다. 이승에서의 목소리가 저승에 닿기를 간절히, 간절히 바라는 마음은 사물의 용도를 뛰어넘는다.

밥을 먹거나 일을 하거나 티비를 보거나 차를 마시거나
우리는 늘 무언가를 '하느라' 시간을 쓴다. 그중 '시간'
을 시간답게 오롯이 쓰는 건 얼마만큼 일까. 시간 자체
만을 소비할 수 있는 그때가 오면 별이 쏟아지는 곳에
누워 곧 과거가 될 이 시간을 눈물로 게워내고 싶다.

일상 언어의 격

최근 들어 지나치게 맞춤법과 일상 언어의 격을 중요시
여긴다. 언어는 곧 그 사람의 인격을 드러낸다. 이는 전
문 서적 귀퉁이에 고이 모셔진 고급 어휘를 사용하는
격이 아니며 화려한 미사어구를 사용해 그야말로 '척'
하는 격도 아니다. 단지 한마디를 하더라도 진정성이
담겨 있으며 상대의 미간을 찌푸리지 않게 하는 그 높
은 수준의 격을 말한다.

흔들리는 저울의 눈금은
읽을 수 없다.
그러니 기다릴 수밖에

행복이라는 착각의 감정에 빠져 있을 때는 이성을 잃기 쉬워 진짜 모습을 판단하기 힘들어진다. 진짜는 위기 상황에 드러나기 마련이다. 이제는 정말 진짜를 보자. 달콤한 말과 콩깍지가 씐 눈으로만 상대를 보다 어느 날 마주한 그의 진짜 모습에 놀라 후회하기엔 늦어버린 시간일 것이다.

'진짜 가치'는 위기 상황 속에 대처 능력을 통해 파악할 수 있을 것이다. 마치 술에 취하기 전, 우리 모두는 정상이지만, '진짜'는 술에 취해 비틀거릴 때도 스스로를 제어할 수 있는 사람에 빗댈 수 있다.

마음이 심란할 때

입 밖으로는 무수한 긍정의 언어를 내뱉고 있지만 희한
하게도 글을 쓰는 것은 두려워 몇 번을 망설인다. 글로
표현할 때만큼은 스스로에게 굉장히 엄격해지는 것을
깨달았다. 문장 안에서는 도무지 감정을 속일 수 없다.
세 치 혀가 왜 무서운지 깨닫고 있는 새벽이다.

당신은 세상에 '당연한 것'이 있다고 생각해요? 난 세상
에 당연한 건 없다고 생각해. 그 어디에도 이유 없는 일
은 없어. 하나하나 다 따져가며 살 수는 없지만 그렇다
고 그냥 당연하다며 넘어갈 일도 없는 것 같아. 마음이
나 물질에 대한 대가를 치루기 싫은 사람들의 핑곗거리
가 '당연함'으로 합리화되는 거 아닐까요?

가족 연결고리

우리 집 강아지를 꼭 안고 있으면 털 여기저기서 아빠 엄마 그리고 내 동생 냄새가 난다. 이 조그마한 강아지가 우리 가족을 모두 품고 있는 듯하다.

할 만큼 한다는 것

'할 만큼 한다는 것'을 알게 해준 너에게 고맙다. 어딘가
에 쏟아내지 않으면 터질지 몰라 마침 나타난 네게 마
구 퍼주었다. 사랑 그리고 애정, 이해, 배려. 어머니가
되어본 적은 없지만 누군가의 보호자가 된 듯이 지극
정성으로 보살폈다.

그럼에도 불구하고 나비처럼 날아간 너를 그리워한 적
은 단 한 순간도 없다. 미움도 그리움도 그 어떤 감정조
차 들지 않는 걸 보니 네가 아닌 그 누구였어도 내 마음
은 같았으리라.

아무런 대가 없이 남에게 주기만 했던 시간과 노력은
결국 내 안의 곡식을 채우는 일이었음을 깨닫는다. 선

뜻 내 것을 주는 것은 원래의 두 배가 되어 어떤 형태로

든 다시 돌아온다.

가짜 인생

내가 보기엔 그랬다. 당신 인생은 가짜 인생이라고. 당신의 삶 속에서 정작 자신의 모습은 투명했다. '부모로서의 의무, 자녀로서의 의무, 직장 내 맡은 바로서의 의무, 형제 또는 남매로서의 의무' 의무밖에 남지 않은 당신의 삶을 가만히 들여다보니 코끝이 아리며 참 서글펐다. 의무만이 당신의 삶을 지탱하고, 그 의무를 다한 후에야 스스로를 돌보는 모습이 안쓰러웠다. 그런 당신을 보다 참지 못해, 나는 '가짜 인생'이라고 직격탄을 날려주었다. 나 자신 먼저 건강하고 행복해야 주변 사람들도 행복한 것이라고. 과한 자기희생은 자신의 삶마저 투명하게 만든다고.

인고의 시간

힘들었던 그 시간이 파노라마처럼 스쳐지나간다. 하루 온통 눈물범벅이 되었고 당신은 줄곧 한숨과 담배를 함께 태웠다. 그 초조한 시간들을 애써 노력해 제자리로 돌려놓았고 늘 긍정으로 서로를 다독였다. 간절한 기도가 하늘에 닿았을 때 비로소 우리는 서로에게 그간의 고생을 미안해하며 고마움에 눈물지었다. 이 모든 과정에 당신이 있었고, 그런 당신 옆에는 내가 있었다.

애증

강력한 증오는 애정에서 나온다. 누군가를 미워함은 한 때 열렬히 사랑했던 기억이 있기 때문이다. 지금 당신이 느끼는 고통은 언젠가의 즐거움 속에서 이미 시작된 결과이다. 그러므로 지금의 고통은 미래에 있을 즐거움의 싹일 터.

멀리 내다보고 뒷면을 따져보기란 어려운 일이다. 현재의 감정에 치우쳐 다가올 반대의 것을 놓치지 말아야 한다. 반드시 지금의 모든 것은 뒤집어지고 또다시 돌아오므로.

작은 목소리

군중의 소음 속에서 작은 속삭임은 더 강한 힘을 지닌 다. 힘을 주어 내뱉어 던져지는 소리보다 당신의 귓가 에 속삭이는 나의 숨결이 더 큰 자극을 부른다. 고요함 이 가지는 탄탄한 힘일 것이다. 우리는 무언가 골똘히 사고할 때 고요의 공기를 맞이한다. 잔잔하고도 오롯이 혼자가 되는 시간 속에서 성숙한다. 결국 골똘함과 고 요함이 만나 개성을 자아내듯, 궁극의 멋이란 내면으 로부터 발현된다. 우리는 변덕과 떠들석함이 만든 유행 속에서 자기만이 가진 궁극의 멋을 찾아야 한다.

괴 물

나이를 먹는 것은 성숙의 깊이와 무관하다. 수없이 마
주한 경험과 환경 속에서 제멋대로 오염되어, 자신도
모르게 썩고 또 썩어 구린내가 진동을 한다. 젊은 나이
에는 그런 대로 겁이 많아 눈의 동공이 커지고, 귀의 고
막이 예민해 순수와 선의 세계로 돌아가는 길이 그리
멀지 않다. 그러나 시간이 흐르고 부패할수록 눈과 귀
는 작디 작아지고 입 크기만 괴상하게 커져간다. 나이
가 들수록 아집은 강해진다. 그 큰 입을 청소하기 힘들
어 냄새가 지독한 걸까. 나이가 들면 스스로 자신의 얼
굴을 책임지라고 한다. 고약한 얼굴 자체는 누구에게
폐를 끼치지 않는다. 아마 진정 책임져야 할 것은 괴물

의 아가리처럼 커져버린 입이 아닐까. 그 입에서 멋대로 쏟아져 나오는 썩은 말과 그로 인한 냄새의 책임은 본인의 의지에서 시작될 것이다.

도취

흔히들 객관적이고 냉정한 사람을 무섭다고 말하지만,
가장 무서운 것은 자신의 감정에 취해 있는 사람이다.

깨어 있으리

내 몸은 건강히 살아 움직여도 영혼은 죽어 있으니, 과연 살아 있다고 말할 수 있을까. 내 몸은 백골이 되어 땅에 묻혀 있어도 영혼은 살아 있다면, 과연 내 수명이 다했다고 할 수 있을까.

살아 있어도 사는 것 같지 않을 때가 있다. 살아 있어도 깨어 있지 못하고, 느끼지 못하는 시절이 있다. 그것은 그저 호흡기만 부착해놓은 인형에 불과한 삶.

가난에 의해, 떠나간 사랑에 의해, 힘든 병마에 의해, 기본적인 의식주의 결핍에 의해 우리는 살아도 산 것 같지 않을 때가 있다. 죽어서도 끝나지 않을 영혼의 아픔은 누가 달래주나. 영혼만큼은 늘 깨어 있고 싶다.

3 　 영 　 원 　 의

당   신

반달과 반달이 만나 보름달을 이루기보다,

나 홀로 꽉 찬 보름달이 되어 둥근 너와 손을 맞잡고 싶다.

인 간 의 정

스며드는 정이 무섭다. 가랑비에 옷 젖어들 듯, 얇은 습
자지가 한장 한장 쌓여가듯 나의 시공간에 침범한 당신
의 존재가 너무나 크고 무섭다. 호기심이 다 채워지면
떠날 줄 알면서도, 언제나 그렇듯 상대보다 내 마음이
더 커지는 날 홀연히 돌아서버릴 것을 알면서도 숨길
수 없는 깊은 정이 무섭다.

결국 인간의 정이란 그런 것이다. 함께한 시간과 깊이
는 상관없이, 주고받은 사랑의 크기와 상관없이. 그렇게
이 우주에서 하나의 존재로 만나 함께 호흡하다 정이
들고 기쁨과 고통을 나누고 서로를 보내야 할 때가 되
면 쓸쓸한 바람으로 곁을 채우는 것.

사랑니

사랑니를 발치했다. 적출한 사랑니를 집에 가져가고 싶
었다. 이미 다 빠져버린 어린 시절의 유치보다 내겐 '사
랑을 알 만한 나이'까지 함께 내 몸에서 자라온 사랑니
가 더욱 의미 있다고 생각되었다. 그런데 온전한 치아
모양으로 나오지 못하고 반으로 부서져 나온 핏덩어리
의 이를 보고는 선뜻 가져가겠다고 하지 못했다. 거기
에는 반으로 조각나버린 지금까지의 모든 지난 사랑이
담겨 있는 듯했다. 마취가 풀리고 통증도 있었지만 괜
히 속이 시원했다. 앓던 이를 뽑아버린 것이 이유 없이
앓던 마음속 짐을 덜어내는 것처럼 느껴졌기 때문일까.

손톱 밑 가시

나는 종종 손톱 밑 가시를 상상한다. 멀쩡한 손톱 밑의
살을 들여다보며 가시에 찔려 어쩌지 못함을 상상한다.
사계절을 두 바퀴 돌았다. 지난봄의 꽃향기에, 가을의
소소리 바람에 모두 흘려보냈다고 자위했다. 하지만 너
는 예기치 못한 손톱 밑에 박힌 채 나를 희롱하고 있다.
손톱을 뽑아 가시를 시원하게 뽑아버리고 싶다가도, 자
꾸만 스치는 고통에 너를 떠올리며 추억하는 내 모습이
그리도 밉다. 이번 겨울은 꼭 너를 보내리라 다짐한다.
그리고 여전히 손톱 밑 가시가 있던 그 빈자리를 매만
질 나를 상상한다.

이 별

우리는 서서히 멀어지고 있음을 알아채지 못했고 갑자
기 닥쳐온 공허함 앞에 어쩔 줄 몰라 하며 길 잃은 강아
지마냥 같은 자리를 맴돌고 있었다.

거 리 감

겉만 봐서는 속을 모른다. 깊은 대화를 나누어도 진정
그 속은 모른다. 그래서 우리에게는 모호함이 주는 긴
장감이 늘 따른다. 어느 날 모호함이 사라진다면 우리
서로 마주보고 마지막 인사를 나누어야 할지도 모른다.

혜안

무엇이든 가지고 싶을 때나 간절하고, 가지고 나면 별 볼일 없어 하는 부류가 있다. 그토록 사고 싶어 목메던 물건을 손에 넣었을 때, 그토록 안고 싶어 하던 사람을 안고야 말았을 때. 그들의 안도감이 권태로 변해 처음의 간절함과 소중함을 잊고 만다. 안타깝게도 품에 안겨진 물건, 사람과의 관계는 그때부터 시작인데 말이다.

당신과의 추억, 당신과의 경험, 당신 안에서의 이야기. 그렇게 둘은 서로 다른 방향으로 전진해 파멸한다. 그러하므로 우리는 쉽게 변하지 않는 인성과 자기 것의 소중함을 아는 사람을 고를 수 있는 경험과 혜안이 필요하다.

가만히 눈에 띄지 않는 것

꽃은 호박꽃이여도 누구든 지나가며 한 번쯤 쳐다본다.
그런데 나무는 있는 듯 없는 듯 늘 그 자리에 있어도, 언
제부터 그 나무가 거기에 있었는지 나무의 존재조차 모
르는 사람이 많다. 하지만 그 가운데서도 "나무야 여기
에 있어줘서 고마워."라며 나무의 가치를 알아보고 사
랑해주는 사람이 있다. 내 글이 당신에게 나무가 되기
를. 나무를 지나치지 않는 사람이 당신이기를 바라며.

사랑하기에 사랑을 내려놓다

좋아하는 꽃이나 나무를 바라보고 있으면 그저 바라보는 자체로 참 행복하다. 그저 좋은 이유는 꽃과 나무가 나를 좋아해주길 바라는 욕심이 생기지 않기 때문이다. 그런데 내가 좋아하는 사람의 앞에 설 때면 좋은 마음이 드는 한편 심장이 두근거려 얼굴이 붉어진다.

설렘으로 위장된 이 감정의 진짜는 '두려움'이다. 당신이 나를 좋아해주길 바라는 욕심에, 날 싫어하면 어쩌나 하는 두려움에 심장이 쿵쾅거리는 것이다. 그러니 나는 영원히 당신을 꽃과 나무처럼 대하고 싶다. 나를 좋아해주길 바라는 욕심 없이 내가 당신을 아끼는 마음 하나만 잘 전해질 수 있도록.

연민의 노래

예전과 많이 달라진 점이 있다면 더 이상 '기본적인 예의나 매너가 없는 사람, 사람과의 관계에 있어 자기 안위만을 취하는 사람, 당장 앞만 바라보는 기회주의자들'을 마주쳤을 때 끓어오르는 분노로 내 고운 입을 더럽혀가며 쓴 말을 내뱉지 않는다는 것이다.

이제는 그럴 때면 그저 마음을 내려놓게 된다. 어쩌면 포기일지도 모르겠다. 분노의 감정보다는 불쌍하다는 연민과 동정의 마음이 더 크게 들 때가 있다. 비겁하고 무책임한 당신, 아이고 불쌍한 사람아. 그래, 당신도 그럴 만한 이유가 있을 거야. 당신이 그런 성인으로 자라버린 마땅한 이유가 있을 거야.

당신의 향기

'인연'에 대한 가벼운 생각으로 이야기는 시작되었다. 인연이란 잠시 머물다가는 향기 같은 것이라고. 어떤 인연이든 언젠가 때가 되면 곁을 떠나게 되는 것이라 생각해서였다. 부모와 자식 간의 인연도 언젠가 끝이 나버리니까. 이 세상에 영원한 인연은 없다고 믿는다.

살다 보면 절대 잊히지 않는 향기도 있고, 언제 맡았냐는 듯 기억조차 나지 않는 향기, 머리가 띵하게 아파오는 향기, 향이라 할 수 없는 구역질나는 냄새까지. 우리 모두에게는 바람에 실려와 어느 날 문득 떠오르는 향기가 있지 않은가. 매번 불어오던 향기가 다시 당신을 제자리에 돌려놓았는데, 어찌 기쁘지 않을 수 있을까. 잠시 머물다 또다시 날아가버릴 향이라 할지라도.

당신 상영관

언제나 궁금했어요. 당신의 어린 시절. 나를 만나기 전 당신의 학창 시절을 상영해주는 곳이 있다면, 온종일 티켓을 끊어놓겠어요.

당신이 세상에 태어나 처음 말이 트였을 때, 가장 처음 만들어낸 문장은 무엇일까. 당신이 마당에 넘어졌을 때, 터뜨린 울음소리는 어땠을까. 엄마 몰래 거울에 달린 청실, 홍실을 집어 당기다가 결국 혼이나 입을 삐죽이 며 눈물을 쏟아내던 그때를 직접 보고 싶어요. 당신이 살아오며 가장 기뻤던 순간, 슬펐던 순간, 가슴 미어지 는 느낌을 처음 느껴본 그때가 너무도 궁금해요. 나를 만나기 직전까지의 당신의 모든 것이 궁금합니다.

기다려본 적이 있는 사람은 안다. 기다림이란 끝없는 애달픔인 것을. 당신이 아무 생각 없이 밥을 먹고, 업무를 보고, 하루 끝 마른 수건으로 젖은 머리를 털어낼 때. 누군가는 애달픈 마음으로 당신을 기다리고 있다는 것을.

사람 관계는 두부 자르 듯 예쁘고 정확하게 끊어낼 수가 없다. 처음의 설렘과 두근거림에 대한 대가라도 지불하듯, 끝맺음은 늘 그렇게 지리하고 쓴 법이다. 그렇지 않다면 당신이 과연 그 관계에 얼마나 공을 들였나 돌아볼 필요가 있다. 공들인 만큼 쓴 맛이 더해질 테니 말이다.

마음 확인

'당신이 날 정말 사랑하고 있을까?' 의아스러움을 견디지 못했던 시간들이 있었다. 그가 내게 던지는 모든 말에 의미를 부여하고 해석하며 의심의 뭉치를 키워가던 시간들. 사람과 시간을 거치며 마음 곳곳에 어느 정도 굳은살이 베겨 가니, 지난 시절 철없이 보드랍던 마음에게 해주고 싶은 말이 생겼다.

"달콤한 한마디보다 그가 너의 사소한 일상을 얼마나 궁금해하는지 살펴봐. 그리고 그가 널 진정 사랑한다면 이러한 의심조차 들게 하지 않을 거야. 서로의 마음을 확인하는 데만 쏟기에는 너무 아까운 시간이니까."

모닥불

마음이 시린 어느 날, 모닥불이 좋아 그 근처에 갔더랬다. 마음을 녹이고 불에 손을 쬐었더니 내 곁에 있어주는 모닥불과 더욱 가까이 있고 싶어졌다. 뜨겁지만 조금만, 조금만 더 가까이 불덩이 속으로 몸과 마음이 향했다. 품어버린 불덩이로 하여금 내가 없어져버릴 것을 알면서 같은 실수를 저지르는 모지리 같은 사람.

마음이 타고 녹아 그을린 그 상처 위에 흐르는 진물을 닦으며 반성한다. '다시 너를 잡지 말았어야 했는데. 지난겨울의 모닥불은 추억 속에 머물러 그저 내 마음만 밝히도록 했어야 했는데….'

실 망

소중한 사람에게 들었을 때 가장 마음이 아프고 시린 말은 아마도 '실망'이라는 말일 것이다. 더 이상 노력을 할 수 없도록, 무기력하게 만드는 단어. 기회와 기대가 없으니 이제는 서로 거리를 두자는 그 말이 듣는 이로 하여금 무너지게 만든다. 때로는 부모와 자식 간 그리고 친구와 연인 사이에 뾰족하게 날선 단어가 오가더라도, 상대의 가슴을 노랗게 멍들이는 더 이상 되돌릴 수 없는 말은 되도록 조심하는 것이 좋다. 상대를 무기력하게 만드는 말들이 자신도 모르게 연의 줄을 싹뚝 잘라버리는 한순간의 가위질이 될 수 있으니.

새 벽 이 슬

가진 것이 없어 욕심마저 사치인 밤. 돈, 돈 거리며 사는 누군가를 멸시했다. 그리고 우리는 사랑과 인간성 본질의 가치로 으스댔지만, 결국은 돈으로 모든 것을 이야기하는 사회. 욕심을 부릴 수 있는 것도 가진 자의 특권인가. 가진 것이 없는 자들의 이야기로 전락해버린 본질의 것. 잠깐 썼다 지우는 글이 늘어나는 차가운 새벽.

퍼즐을 맞출 때 비슷한 색감의 조각을 먼저 고른다. 우
리네 만남은 퍼즐 맞추기와도 비슷한데, 서로의 색감이
비슷하다 느낄 때 서로를 끌려하며 다가가게 된다. 그
리고 이리저리 조각의 홈을 맞추어 끼워본다. 한 면이
맞지 않으면 다른 면, 그리고 또 다른 면. 여러 홈에 끼
워봐도 맞지 않을 때 "우린 맞지 않나봐. 안녕." 이별을
고하고 다른 조각을 찾아 떠난다. 실제 퍼즐에서는 1분
에 지나지 않으며 사람 사이의 일은 불과 한 달도 걸리
지 않는 과정이다.

사랑하는 이를 만나는 일은 자기가 가진 조각의 홈에
딱 맞는 사람을 찾는 일이 결코 아니다. 놓치기 싫은 상

대가 있다면 기꺼이 자신의 홈을 자르거나 덧붙여가며 정해진 그림보다 더 아름다운 그림을 만들어가는 것. 꼭 맞는 사람이 아닌 맞추어갈 아량을 갖춘 사람이 되어야 한다.

인과응보

배려와 관심으로 무장된 나의 행동은 좁은 구두 속 물집이 터져 피범벅이 된 발등으로 터부시되었다. 그도 그럴 것이 내가 누군가에게 확신이 서지 않았을 때 내 뱉었던 그 말을 고스란히 내 귀로 듣게 되었으니. 사람의 일이란 역시 주는 만큼 받는 것이고, 받은 만큼 주는 것이다. 지난날 당신들의 기분이 어땠을지 역시 내가 경험해보아야 이해할 수 있으니 참으로 미안함에 고개 숙여지던 밤.

오초 안에 끝날 일이 누군가의 체면치레 혹은 훗날의 기대감으로 오십일의 시간으로 늘어져버린 걸레짝 같았던 이야기. 최선을 다했기에 후회가 없었을 당신들의

마음을 똑같이 이해하는 밤. 그랬기에 더욱 죄송함으로
인사를 드리고 싶은 날이다. 사람의 일이란 단지 내일
의 일도 알 수 없기에 그저 쓰라린 발등만을 바라보며
새살이 돋기를 바라본다.

불타는 화로

너를 떠올리다 갑자기 네가 사라질까 울컥 눈물이 돌던 순간이 있었다. 그것은 황홀한 눈물이었을까. 사랑은 어찌 이리도 불안하고 유약한 것일까.

'이 세상 그 누구보다 널 사랑 하겠어-' 유행가가 봄바람을 타고 흘러다닌다. 이 세상 그 누구보다 너를 사랑한다는 것은 세상에 존재하는 '나'보다 너를 더 사랑할 것임을 다짐하는 것이다. 내가 나보다 당신을 사랑하기 위해서 얼마나 더 큰 사랑의 화로에 몸을 담가야 할까. 뜨거운 눈물에 온몸을 담그고 숨 차오를 때야말로 그 사랑이 완성되는 것일까. 사랑하는 너를 두고 나는 오늘도 세상에서 가장 연약한 내가 된다.

사랑 방식

'그 누구에게도 기대하지 말자. 그리고 기대를 심어주지 말자' 기대하는 마음은 곧 상대를 내가 원하는 대로 바꾸고 싶어 하는 마음이니까. 참 아이러니하게도 애정이 생기는 만큼 기대하는 마음이 커진다. 애정하는 마음과 소유하려드는 마음은 다른 것인데, 아마 내 마음속 사랑의 방식이 잘못 자리 잡았나 보다.

있는 그대로를 수용하기 위해 심판하지 않는 태도를 지녀야 한다. 잘하고 못하고, 내 마음에 들고 안 들고, 좋고 나쁨을 가리는 것이 아니라 존재 그대로를 인정하려 노력한다. 기대하지 않으면 실망할 일이 없다. 또한 기대하지 않으면 고마움과 감동은 이루 말할 수 없다.

우리는 서로의 이름과 나이를 묻지 않았다. 직업, 출신 학교, 혈액형 따위의 자신을 대표하는 신상명세에는 관심이 없었다. 다만 서로가 좋아하는 책이 무엇인지, 어떤 영화를 즐겨보는지, 무엇을 할 때 행복한지, 잘하는 것이 무엇인지, 가장 슬펐을 때는 언제였는지 등의 존재 자체를 탐구하는 질문을 끊임없이 던졌다. 당신은 돈을 모아 여동생에게 피아노를 선물했을 때 가장 보람을 느꼈고, 난생 처음 피자를 먹은 날의 충격과 행복을 잊지 못한다고 했다. 나는 그런 당신을 기꺼이 사랑하지 않을 수 없었다.

우리는 매일을 함께 걷고 듣고 보고 읽으며 서로를 탐

미했다. 하지만 깊어갈수록 좁아지는 시야에 두려움을 떨치지 못했고, 곤두선 날이 팽팽해진 선을 잘라 서로를 놓아버려야 했다. 그렇게 서로의 일상으로 초대되었던 우리는 다시 각자의 일상으로 돌아갔다.

반달

반달과 반달이 만나 보름달을 이루기보다, 나 홀로 꽉 찬 보름달이 되어 둥근 너와 손을 맞잡고 싶다. 반달의 뾰족함이 결국 서로를 찔러 밀어낼 것이기에. 완전하지 않아도 온전한 보름달이 되어 둥근 너를 만나길 고대한다.

'노력은 결과를 배신하지 않는다'의 의미가 크게 와 닿지 않을 때가 있다. 특히 인간관계에서 그렇다. 사람 사이의 일은 애를 쓰고 공을 들인다고 짧은 인연이 길어지지 않고, 또 손 사래 쳐가며 상대를 거부한다고 길고 질긴 인연이 짧아지지 않는다.

이처럼 사람 사이 연은 내 마음대로 되는 것이 아니므로 순간의 진심을 잘 전달할 수 있어야 한다. 애를 쓰고 발을 동동 구르거나 화를 내고 비아냥거리는 것이 아니라, 발가벗은 속살의 언어로 상대에게 나의 진솔함을 표현해야 한다. 그대가 언제 내 곁을 떠나버릴지 모르기 때문에.

어른 아이

내 앞에서 어리광을 피우는 네 모습이 그리도 좋았다.
고된 하루에 지칠 때면 내 가슴에 얼굴을 묻고 아이처
럼 잠든 모습이 사랑스러웠다. 내 안의 네가 될 때, 내가
널 보듬어줘야 하는 것이 행복이었다. 여전히 지금도
내 안의 모성애를 이끌어낼 강인한 사람을 더듬는다.

이름에 'ㅈ' 들어간 남자

신념은 어떤 대상에 대해 가지는 믿음이다. 나는 아주 어릴 때부터 '이름에 'ㅈ'이 들어간 남자는 모두 다 잘생겼다'라는 희한한 신념을 가지고 있었다. 지금은 그런 신념이 많이 흐려졌지만, 가끔 'ㅈ'이 들어간 남자 이름을 볼 때면 무의식적으로 다시 돌아보곤 한다.

홀로서기

나는 네가 없이도 온전하게 잘 지낸다. 가끔은 그때의 우리를 추억하지만, 그마저도 감정을 덜어내고 나니 조각난 기억일 뿐이다. 끝내 완전할 수 없던 우리에게 스스로 온전해질 수 있는 기회가 돼주어 고마움을 느낀다. 이제는 각자의 완전함을 찾아 행복하기를 바랄 수 있는 여유도 생겼다. 그렇게 너를 가을바람의 풍경 소리와 함께 보내고 돌아왔다.

서경덕의 사랑

마음이 어린 후[後]니 하는 일이 다 어리다

만중운산[萬重雲山]에 어느 님 오리마는

지는 잎 부는 바람에 행여 긘가 하노라.

현대어로 풀이하자면 '마음이 어리석으니 하는 일이 다 어리석다. 구름이 쌓인 산 속에 어찌 임이 찾아오겠냐마는 떨어지는 나뭇잎 소리와 부는 바람 소리에도 행여나 님인가 하고 생각하노라'이다.

이는 조선 전기에 서경덕이 사제지간으로 지내던 황진이를 기다리며 쓴 평시조이다. 사랑과 그리움의 감정은 시대를 초월해 그대로 전해진다는 것을 알 수 있다. 사랑에 빠지면 제아무리 똑똑하다 할지라도 바보 같아지는 구석이 있다. 님을 그리워하며 발 동동 구르는 것을 보니 도학자 서경덕도 어쩔 도리가 없었나 보다. 게다가 지금처럼 메신저로 어디쯤 오고 있는지, 왜 안 오는지 확인할 수도 없었으니 지나새나 황진이가 오기만을 기다렸을 것이다. 그 기다림의 온도만큼 황진이와의 재회는 뜨거웠으리라 짐작해본다.

할아버지와의 듀엣

할아버지께서 오카리나를 배우고 싶다고 하셔서 꼬깃
꼬깃 모은 돈을 들고 악기상가에 갔다. 나무로 만든 것
보다 도자기로 구운 것이 소리가 좋다고 해서 기분 좋
은 마음으로 선물해드렸다. 부단히 배우고 연습하셔서
크고 작게 연주회도 여시더니 그렇게 일 년이 지나, 나
는 할아버지가 연주하시는 옆에서 그 곡의 가사를 붙여
노래를 부른다. 한곡 한곡 노래가 끝나면 박수를 치고
엄지를 치켜세운다. 할아버지의 오카리나 소리가 십 년,
이십 년 영원하기를 기도한다.

서로의 영혼을 갉아먹는 이 순간이 너무나 괴롭다.

가슴 미어지게 아팠던 사랑이든, 치를 떨며 떠올리게
되는 사랑이든, 마음 한구석 애잔한 바위덩이처럼 자리
잡은 사랑이든 하는 게 안 하는 것보다 낫다는 우리의
결론. 아무리 실패한 사랑이어도 결국 내 성숙의 거름
이 되는 경험이라는 것.

서운함

서운함의 전제가 되는 감정은 대상에 대한 애정과 기대
감이다. "난 너를 이만큼 사랑하고 넌 나에게 이렇게 해
주었으면 좋겠어."라고 말하는 딱 그만큼의 서운함을
느낀다. 이 서운함이 보듬어지지 않으면 얼마가지 못해
미움과 미련 가득한 증오로 변하고 끝내 의도된 무관
심, 즉 체념으로 종식된다. 나는 널 애정하기 때문에 늘
이 굴레 속에서 벗어나지 못한다.

사람이 변하지 않기 때문에 사랑이 변한다. 연애 초기
의 열정이 사라지면 그 사람은 자신의 본래 모습을 드
러낸다. 사람은 쉽게 변하지 않는다. 장점은 장점대로
좋지만, 그 사람의 단점까지 내가 끌어안을 수 있을지
를 판단해야 한다. 그것이 지혜로운 연애를 할 수 있는
방법이고 행복한 결혼을 시작할 수 있는 초석이 된다.

끝이 반이다

'시작이 반이다'라는 말이 있지만 인간관계에 있어서만 큼은 '끝이 반이다'라는 말이 더 그럴싸하다. 아무리 좋은 관계였다 하더라도 끝맺음이 좋지 않은 관계는 다시 기억하고 싶지 않다.

실은 그 사람에게 매달리는 것이 아니라 내 옆에 있는
그에게 지금 내가 할 수 있는 최선을 다하는 것뿐이에
요. 모든 사랑이 그렇듯 곁에 있을 때 잘하지 못하면 끝
내 후회의 눈물을 쏟아낼 것을 잘 알기 때문이지요.

손편지 소녀들

아주 오래 전 SNS에 '지식 뽐내기 친구'가 있었으면 한다는 글을 쓴 적이 있다. 그때의 인연으로 직접 손으로 글을 써 보내고, 그림이 담긴 편지를 받으며 서로를 알아가게 된 예쁜 소녀가 있다. 기대만큼 많은 지식을 공유하지는 못했지만 멀리서나마 서로를 응원하는 존재로 남게 되었다. 아주 추운 겨울 날, 카페라테 한 잔이 생각나는 날에는 그 소녀가 떠올라 함께 마시자며 기프트콘을 선물하기도 했고, 그 소녀는 내 생각이 났다며 한지 위에 정성스레 편지를 써보내기도 했다.

꿈 많고 긍정적인 이 예쁜 소녀의 말들은 한 곳만 바라보며 달려가다 지쳐 있는 내게 참 좋은 에너지가 된다. 이것저것 하고 싶은 것 많은 모습이 참 부럽기도 하고, 배움의 과정과 용기 속에 점차 성숙해가는 과정이 아름답기까지 하다.

사람은 사람에게 에너지를 뺏기기도 하지만 또 사람에게서 에너지를 얻기도 한다. 이렇듯 우리는 지식을 뽐내려던 친구에서 서로가 가진 긍정의 힘을 뽐내며 네모난 편지지로 서로의 마음을 안아 감싸는 사이가 되었다.

싸구려 폭죽

한여름 밤, 수화기 너머 들려오던 싸구려 폭죽 소리가 귓등을 스친다. 수화기를 들고 그 소리를 가만히 경청하는 꿈을 꾼다. 2016년 여름은 나에게 강한 인상을 남겼다. 도끼날로 한 번에 날려버린 토막 같아서 지나간 여름이 쉽게 회상되지 않는다. 그 여름에는 뜨거워 숨쉬기 어려웠지만 지독하게 냉정하고 차가운 우리가 있었다.

무 던 함

한결 같은 사람이 좋다. 순간의 호기심이 채워지면 금
세 식어버리는 사람보다 무던히 내 옆자리를 차지하고
있는 사람이 좋다.

인간의 숙명

그 어떤 좋은 것도 열 명, 백 명의 사람들을 모두 만족시킬 수는 없다. 몸에 좋은 음식도, 아주 평판이 좋은 사람도, 유명한 아티스트의 음악도, 영화도, 예술 작품도. 모두의 입맛을 만족시키기란 불가능에 가까운 일이다.

'나'라는 사람 역시 마찬가지일 터. '나'의 심성, 가치관, 외모, 능력, 말투, 웃음소리까지도. 나를 마주하는 모든 사람들을 만족시키기 어려우며, 때로는 비판 그리고 비난을 들을 때도 있을 것이다. 피할 수 없는 숙명이기도 하다.

그런데 비판에 익숙해지는 일은 참 어렵다. 정말 어렵다. 칭찬을 받은 고래는 춤을 추지만, 비난과 비판을 들은 고래는 분노의 물줄기를 내뿜지 않는가. 무턱대고 쏟아지는 비난은 물론이고 아무리 타당한 비판이라 하여도 굳은살이 베기지 않는 것 역시 인간의 숙명이다.

아 량

어떤 종류의 인간관계든 내가 만나고 싶은 사람은 나에게 꼭 맞는 사람이 아니라, 나와 조율할 수 있는 아량을 가진 사람이다.

하모니

사람마다 가진 울림소리가 있다고 생각해요. 누군가에
겐 그 울림이 크게 다가오기도 하고, 또 누군가에겐 아
예 공기 중에 퍼지지도 않지요. 단적인 것들이지만 취
향이나 안목이 비슷함을 발견해가는 것이 곧 서로의 울
림소리를 증폭시키는 과정이겠죠. 이렇게 둘이 만나 좋
은 소리를 내는 것이 사람의 '연緣' 아닐까요. 관계 그 자
체로 말이죠.

주위 사람들 대부분 중국은 냄새가 나고 위험한 곳이라며 여행을 기피한다. 실제로 여행을 다니면서 스마트폰을 소매치기 당하고 꾐에 넘어가 무서운 택시에 탈 뻔하기도 했다. 그래도 내게 중국 여행은 늘 설레고 즐거운 기억이다.

중국과 사랑에 빠진 지 어느덧 6년이 다 되어 간다. 오롯이 흥미와 관심의 이유로 중국어를 배우기 시작했고 여유만 있으면 중국 여행을 나섰다. 누군가의 압박 없이, 평가의 목적 없이 이렇게 무언가에 빠져본 적이 있었던가.

지금은 현실의 벽에 부딪혀 잠시 중국어 공부를 멈추었지만, 여전히 퇴근 후 책가방을 들고 중국어 학원에 가시는 아버지를 보면 다시 나란히 그 길을 걸으며 그날 배운 문장을 주고받고 싶다.

당신

어떤 옷을 좋아하는지 잠을 잘 땐 어떤 꿈을 꾸는지, 음식은 뭘 좋아하고 또 좋아하는 스타일은 뭔지. 걸음걸이와 말투 당황하는 표정과 슬픈 모습, 즐거울 때 하는 행동과 습관적으로 하는 행동들. 머리카락 색, 눈동자 색, 듣는 음악 좋아하는 영화와 장면, 좋아하는 안경의 모양 좋아하는 하늘의 색, 가장 좋아하는 장소. 무얼 하면 즐거운지 슬픈지 화가 나는지 다 너무 궁금해요. 당신이 어떤 일은 하든, 어떤 사람을 알든 학벌, 집, 차 다 상관없어요. 그것이 당신을 대표할 수는 있지만 당신 자체는 아니니까. 나중에 당신을 떠올리게 된다면 그런 표정을, 행동을 가진 사람으로 기억하고 싶어요.

옷깃 인연

옷깃만 스쳐도 인연이다. 목둘레를 따라 내려오는 여밈의 부분을 뜻하는 옷깃. 턱 끝 아래의 이 옷깃이 스칠 정도라니 이것은 당연히 인연이 아니고 무엇이겠는가. 그러니 필연이니 악연이니 하는 것은 억만 겁 나비의 날갯짓 하나로 바위를 깎은 것만큼 대단하고 소중한 것이 아닌가.

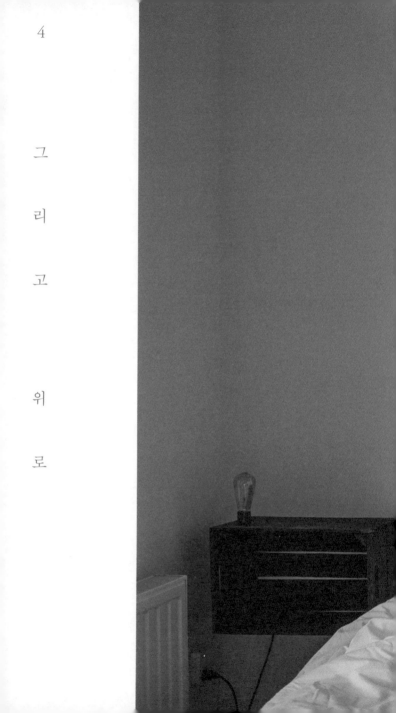

4

그

리

고

위

로

꼭 끌어안고 내가 네 편이라고

몇 번이고 얘기해줄게.

제자리걸음

우산 없이 빗속을 아니, 진흙탕에 빠져 허우적대고 있
다. 마음처럼 되는 일은 하나 없고 시간은 무정하게도
흘러간다. 어느 유행가 가사처럼 영원한 건 절대 없다.
세월은 흐르는데 나는 제자리걸음. 우리 아빠의 흰머리
는 늘어만 간다. 엄마의 얼굴과 손에 늘어나는 주름을
보면 속이 상한다. 그런데 나는 제자리걸음이다.

내 손가락 아픈 게 남의 손가락 아픈 것과는 상관없다
는 것을 잘 알지만, 조금이나마 그 고통을 나눌 사람이
어딘가 있을까 하는 마음이다. 아무리 제자리걸음이여
도 조그만 먼지가 나중에는 큰 점이 되어 있을 거라는

점을 잊지 말아야겠노라. 모든 일에는 마땅한 이유가 있으니까.

할머니

이별만큼은 최대한 미루고 싶다. 학창시절은 할머니가 해주신 밥을 먹고, 직접 손빨래에 다려주시는 교복을 입고 학교를 다녔다. 그렇게 영원할 것 같던 할머니께서 패혈증으로 중환자실에 들어가셨다. 그냥 눈물만 흘리고 있다. 모든 순간이 후회가 되어 파노라마처럼 스쳐지나간다. 할머니의 목소리, 표정, 발끝, 손등 핏줄, 옷자락 같은 것이 아른거린다.

'기적이 있다면 할머니가 다시 일어날 수 있게 해주세요'라고 되뇌인다. 내 마음이 이러한데, 아빠 마음은 어떨까. 평생을 함께 의지하며 살아온 남편인 우리 할아버지 마음은 어떨까. 절규하며 겁에 질린 할아버지의

목소리가 아직도 내 귀에 생생한데. '손녀가 선생님이
되고 시집가는 것까지는 제발 보게 해주세요' 나는 할
머니의 손을 잡고 다시 한 번 되뇌인다.

시 시 콜 콜

시시콜콜한 것이 인생이다. 당신으로부터 시시콜콜한 인생 이야기를 듣고 나니 흥미가 아주 떨어졌다. 나의 관심은 온통 시시콜콜한 세상 속에서 눈부시게 반짝이던 당신의 내면 그 자체이다. 내겐 그것이야말로 가치 있는 인생이며, 그런 당신을 사랑한 이유였다.

그런 당신의 입에서 한 달 월급이라든가, 대단한 집안 사정이나 자동차 차종, 아파트 평수 등 그런 시시콜콜한 것을 듣고 나니 왠지 어마어마하게 부풀었던 풍선껌이 피식 하고 꺼져버리는 기분이 들었다.

태양 속 달빛으로
달빛 속 태양으로

여기 저기 '괜찮다'라는 위로의 말이 수없이 떠다닌다.
나 역시 많은 사람에게 건넨 말이다. '널 응원해'라는 글
귀 하나에도 사람들은 마음이 동한다. 그러나 진정으로
어떻게 괜찮아지는가에 대한 구체적인 방법은 아무도
알려주지 않는다.

상실감, 상처, 배신감, 허무함, 무력감, 애달픔, 슬픔과
그리움. 해가 떠 있어도 내가 있는 곳은 언제나 어둠이
드리워 있다. 왜 행복은 연습으로 터득되지 않나. 왜 인
간의 감정은 반복해도 적응되지 않나.

한나절 지면을 뜨겁게 달군 태양은 반드시 자신이 떠날
때를 알고 달에게 자리를 내어준다. 또한 가장 어둡고

추운 새벽을 밝히던 조각달은 반드시 자신이 떠날 때를 알고 태양에게 자리를 내어준다. 이처럼 해 뜨기 전이 가장 어두운 것임을 기억하며, 달이 뜨기 전이 가장 달궈진다는 것을 기억하며, 다시 돌아올 희망을 믿음에 부쳐 우리는 고난 앞에 직면하고 또 직면하리라.

택시

택시를 탈 때면 "안녕하세요, 잘 부탁드립니다."라고 반가운 인사를 한다. 무뚝뚝한 우리 아버지 같은 기사님들은 어색함에 대답을 하지 않으실 때도 많다. 반가운 인사는 목적지까지 이 파리한 목숨을 기사님께 맡기고 안전히 가주십사 하는 것도 있지만, 그보다 수백 대의 택시 가운데 이렇게 잠시나마 만나게 된 인연에 반가움과 소중함을 전하기 위함이다.

택시에서 내릴 때면 두 손으로 돈을 건네 드리고, "감사합니다. 좋은 하루 되세요."라고 인사하며 내린다. 이렇게 인사를 하는 것은 자동으로 운전하는 차가 아닌 이역시 사람과 사람이 만나 이루어지는 일이므로 당연한 것이라 생각한다.

그러나 직업에 귀천이라도 있듯 기사님을 하대하고 무시하는 사람들을 보면 참 마음이 아프다. 기사님 역시 누군가의 아버지이므로, 누군가의 자식이므로, 누군가의 형제이므로, 누군가의 가장 사랑하는 사람이므로.

가시가 많은 사람을 볼 때, 우리는 그 사람이 과거에 흘렸을 눈물을 생각해보아야 한다. 남들처럼 평범하고 평온한 삶 대신 날아드는 가시에 박혀 남몰래 흘렸을 눈물에 대해 헤아릴줄 알아야 한다. 악인은 태어날 때부터 악한 마음을 타고난 것이 아니라 수없이 날아든 가시와 눈물이 그를 그렇게 만든 것이지 않을까.

유독 남을 믿지 못하는 사람, 많은 이를 적으로 만드는 사람, 스스로를 상처 주는 사람. 똑같이 미워하고 손가락질하기 전에 그에게 박혀 있을 오래된 가시와 뒤에서 흘렸을 외로운 눈물을 헤아려본다면 그 사람이 던지는 가시를 가볍게 집어내고 그를 이해할 수 있지 않을까.

해가 뜨기 전

기계로 찍어내듯 매일 같은 하루를 보내다 보면 하루의 소중함을 잃고 지낼 때가 많습니다. 아침에 눈을 떠서 또다시 눈을 감을 때까지, 거의 한마디도 하지 않고 하루를 보냅니다. 눈물이 왈칵 터질 때도 많고, 다 잊고 떠나버리고 싶을 때도 많습니다. 그런 하루 끝에 집으로 돌아가는 나의 뒷모습이 당신과도 많이 닮아 있을 것 같아 뭉클해집니다. 하지만 이 인고의 시간들이 분명 성숙의 거름이 될 거라 믿습니다. 모두 다 필요한 과정이고 결국 우리에게 유리한 대로 흘러가고 있는 걸 테니까요.

위 로 방 법

어렵게 꺼낸 힘든 이야기에 "너보다 불쌍한 사람은 많아."라고 되돌아오는 악취 나는 말이 힘겨운 마음을 더 썩게 만든다. 각자의 아픔은 각자의 것이니 그 아픔의 고통까지 함께 느껴줄 수는 없는 일이다. 그러나 자기 기준에서 함부로 재단하려 드는 일은 칼에 찔려 피 흘리는 사람의 상처에 염산을 들이붓는 일이 될 수도 있다. 그저 공감해주는 일. 평가하지 않고 그저 들어주는 것만으로도 소독약이 될 것이라 믿는다.

나눔의 꿈

우리의 행복은 욕구가 만족되면서 채워지는데, 이는 생존과 안전의 욕구부터 시작해 돈과 명예, 자아실현의 욕구를 거쳐 완성된다. 그런데 자아실현보다 더 높은 차원의 행복은 결국 '나눔'에서 온다. 어쩌면 사람은 철저히 이기적인 동물일 수 있다고 느껴질지도 모르겠다. 궁극적으로는 자신의 행복을 위한 나눔이니까. 그런 이유에서도 나는 하루 빨리 꿈을 이루고 싶었다. 아이들과 부대끼며 그들에게 내가 받게 될 사랑을 또 어딘가 사랑이 필요한 존재에게 더 많이 나누어줄 수 있으니까.

어느 선생님께서 말씀하신 적이 있다. 직장을 얻게 되

면 월급에서 적게라도 얼마쯤은 매달 기부를 했으면 좋
겠다고. 요즘 워낙 불신시대이다 보니 아이들을 돕는
일보다 중간에서 전달되는 과정을 직접 볼 수 없어 망
설여진다고 했다. 이에 대해 선생님은 "그럴 일은 없겠
지만 혹시 중간에서 돈을 떼먹더라도 삼만 원 중에 만
원이라도, 아니 오천 원이라도 그 아이들에게 돌아가지
않겠어요? 아무것도 하지 않는 것보다 무엇이라도 하는
것이 나은 일입니다. 그리고 내 것을 나눔으로써 우리
는 비로소 채워집니다."라고 말을 줄이셨다.

마음 한 켠에는 늘 있지만 상황이 아직 여의치 않아 작

은 버킷리스트처럼 남아 있던 나눔의 일이 온종일 나를 잡아 이끈 안쓰러운 사진 한 장으로 인해 떠올랐다. 그리고 그와 동시에 나는 심한 부끄러움을 느꼈다. "왜 나는 여전히 작은 것에 감사하지 못하고 투덜거리는지, 이 부끄러움이 어찌 안쓰럽고 자극적인 사진이나 관련 글을 읽을 잠시에만 그치고 마는지."

하지만 언젠가는 부끄러움이 이끄는 나눔으로 채움의 행복을 맛볼 수 있기를 바라본다. 내면 저 깊은 곳에서부터 차오르는 행복을 말이다.

바 람

추위는 절정의 더위 속에서 이미 싹 트고 있었다. '궁즉 변窮卽變' 궁할수록 빠르게 변한다. 지금 힘이 들수록 더 빠르게 변화가 다가오고 있다. 슬프게 우는 당신에게 입버릇처럼 이야기했다. 모든 일에는 이유가 있고, 모든 일이 너에게 유리한 방향으로 흘러갈 것이라고.

나 역시 마찬가지일까. 그토록 간절함에 눈물 흘리고 치 유만을 기다리는 마음의 병까지 얻었는데, 나 이제쯤은 바라도 되지 않을까. 이제쯤은 이루어져도 되지 않을까. '변즉통變卽通', 변하면 통하리라. 그리고 '통즉구通卽久', 통 하면 영원하리라.

어쩌면 모든 문제의 해결책은 '받아들임'과 '내려놓음',

내려놓기

사이에 존재한다. 지극히 당연한 것임을, 누구나 할 수 있는 말이라는 것을 알면서 다시 한 번 깨달음을 얻는 이유는 머리로는 이해하지만 마음으로 실천되지 않기 때문이 아닐까. 내 손을 이미 떠난 일이라면, 그리고 내가 어떻게 할 도리가 없는 관계라면 받아들이고 내려놓는 것만이 방법이다. "그래, 그런 거지 뭐. 그래서 뭐?"

컨베이어 벨트

어딘가 위로를 청해도 돌아오는 대답은 힘내라는 말뿐일 때, 문득 올려다본 까마득한 밤하늘에 덩그러니 홀로 떠 있는 달 하나가 서서히 흐려진다. 잘 되어 가고 있느냐는 안부에는 그저 어색한 웃음만이 유일한 대답. 숱하게 듣는 "넌 잘 하고 있으니 믿어. 잘 될 거야." 사실 우리 중 단 한 사람도 미래의 일은 알 수 없으니 그 위로의 말이 얼마나 잔인하고 차가운 말인가.

나와 똑같은 상황에 처한 '나'를 만나면 어떤 위로를 해 줄 수 있을까. 아마도 "지금을 살아. 앞을 내다보며 두려움에 떨지 말고, 뒤를 돌아보며 어쩔 수 없는 일에 마음 아파하지 마. 지금, 지금 이 순간만 살아." 이 짧은 위로를 건네는 순간에도 지금은 흘러 이 이야기는 과거가 되었고, 어딘가에서 미래가 무섭게 다가와 새로운 지금을 보내고 있을 것이다. 마치 다시 되돌릴 수도, 절대 멈출 수도 없는 컨베이어 벨트처럼.

위로의 민족

옛날부터 우리는 어쩔 수 없이 안 좋은 상황에 닥치면, 그것을 핑계로 더욱 좋은 결과를 이끌어낼 수 있다며 서로를 위로해왔다. 어쩌면 닥쳐온 시련과 고난을 긍정적으로 받아들이게 하기 위한 선조의 지혜라고 할 수 있지 않을까.

가령 비 오는 날 결혼하면 더 잘 산다라든가, 키가 아주 작은 사람을 보면 작은 고추가 맵듯, 사람이 더욱 야물고 꼼꼼할 것이라 이야기한다든가. 머리카락이 많이 빠져 서운해하는 사람을 위해 대머리가 되면 부자가 된다고 하거나. 연초에 크고 작은 사고를 겪은 사람들에게 그해의 액땜을 한 거라고 이야기하는 것.

듣는 이로 하여금 조금이나마 불편한 마음을 쉬게 하기 위한 아무런 논리와 근거가 없는 이야기들이다. 하지만 그렇게 우리는 이야기를 만들어서라도 서로를 위로할 줄 아는 민족이었다.

고통의 역치

삶은 문제의 연속이다. 하나의 문제를 풀었다 싶을 때 다른 문제가 뒤이어 기다리고 있다. 누구나 문제에 직면하고 고통과 환희 속에서 삶을 보낸다. 만약 이번에 찾아든 문제로 고통을 인내하기 힘들다면 잠시 모든 걸 멈추고 생각해본다. '나에게 이런 시련이 찾아든 이유가 분명히 있을 거야. 하늘에서는 개개인이 견딜 수 있을 만큼, 딱 그만큼의 고통만 준다고 그랬으니.'

내 인내의 역치가 어디까지인가 시험하며 문제 속 의미를 생각해본다. 그렇게 매서운 칼바람 지나고 봄이 오면 지난겨울을 생각하며 따스함에 감사할 것 아닌가. 문제의 연속은 원숙의 밑거름이다.

보드라운 품속

살다 보면 그런 날이 있다. 누군가의 품에 안겨 눈물이 마를 때까지 펑펑 울고 싶은 날. 이유는 알 수 없지만 푸근한 엄마의 가슴팍이나 할머니의 품에 안겨 울다 잠이 들고 싶은 날. 내 속의 잠재된 어린 아이가 자꾸만 칭얼대는 요즘이다.

물론 네 살배기 아이마냥 이 울음을 애써 다 받아내어 줄 사람은 이 세상에 존재하지 않으리라는 것을 잘 안다. 스스로 퇴행하려 하는 마음을 받아주지 말아야 하지만 막으려 할수록 더욱 밀려오는 이 아이 같은 마음을 어찌할 바 모르겠다. 마음을 고요히 내려놓을 수 있도록 바라고 또 바랄 뿐이다.

거울

감정은 언제나 쌍방이다. 내 기분이 좋다면 상대도 좋은 감정을 함께 느낄 것이고, 겉보기에 화사한 공기가 감돌아도 어딘가 불편하고 어색하다면, 상대 역시 그 불편한 감정을 공유하고 있을 것이다. 이렇듯 감정은 거울과 같아서 상대로부터 편안함을 느끼고 싶다면, 내가 먼저 웃어 보이며 따뜻한 말을 건네야 한다. 상대를 배려할 목적도 있지만, 궁극적으로 편하고 기분 좋은 상대를 보는 '나' 스스로 행복해지기 위해서 말이다.

집으로 돌아가는 길

대화를 나누다 보면 이상하게도 나의 자존감을 앗아가 자신의 자존감을 높이는 사람들이 있다. 자격지심을 심어주고 나 스스로를 미워 보이게 하는 대단한 능력을 가진 사람들. 처음 그들을 만나고 집으로 돌아가는 길, 그것 모두 나의 잘못인 줄 알고 많이도 자책했다. '왜 나는 그들만큼 능력이 좋지 못한 것일까', '왜 나는 같은 처지에서 그들이 고민하는 선택지를 가지고 있지 않는 것일까', '왜 나는', '왜 나는'.

하지만 똑같은 주제를 가지고 그렇지 않은 사람들을 만났을 때 분명 앞선 이들에게 문제가 있다는 것을 알게 되었다. 나의 생기를 북돋아주는 사람들을 만나고 돌아

가는 길에는 '그래 맞아. 나는 할 수 있어', '나는 이대로
도 괜찮아. 잘 하고 있어', '이렇게 좋은 나의 사람들에
게 더 잘하자'와 같은 벅찬 생각을 머금고 돌아가기 때
문이다.

왜 사는지 모르는 게 아니라, 왜 사는지 알기에 살기가 싫은 것 아닐까. 많은 사람들이 이런 고민을 하며 의욕이 없다고 여기지만 실은 원하는 걸 이루지 못해 살기 싫다고 느끼는 것 일지도 모른다. 사람과 잘 지내고 싶지만 잘 안 되고, 웃고 싶지만 웃을 일이 별로 없고, 자존감이 높고 싶지만 낮아서 고개를 숙이는 것이다.

이 같은 고민이 정말 무기력에서 오는 회의였다면 이런 고민조차 할 수 없지 않았을까. 결국 사람들과 잘 지내고 싶고, 웃고 싶고, 자존감이 높아져 행복하고 싶어 하는 욕구로부터의 작은 목소리일 것이다. 우리는 그 수많은 의욕들을 이루기 위해 아파하고 고뇌한다.

긴 침묵

세상의 단 한 명만 날 믿어주어, "네 마음이 그렇겠구나." 해주면 그걸로 충분해요. 우리의 대화에서 때로는 말하기 전의 긴 침묵이 그게 '진짜 말'이 될 때가 있어요. 깊이 주목해주는 그 과정이 사실 가장 감동적일 때가 많아요. 끝까지 그 사람을 기다려주는 그 시간이 필요하지 않을까요. 진짜 말은 긴 침묵 후에 나오게 되는 것 아닐까요.

기장 동백 앞바다

마음을 내려놓게 하는 곳. 가슴이 답답할 때면 훌쩍 떠날 수 있는 외할머니의 품이다. 낚시꾼 외에 잘 찾지 않는 곳이라 고요의 도피처로는 그만이다. 잔잔한 파도 소리가 쓸쓸한 울음을 닦아주고, 찬란한 빛으로 일렁이는 모습이 내게 다 괜찮다며 등을 쓸어내린다. 그 바다에서 외할머니는 평생 물질을 하셨다. 그렇게 외할머니의 터전은 우리 엄마의 양수가 되고, 외손녀의 울음 터가 되었다.

백 마디 말보다 품에 한 번 안아주며 등을 쓸어주는 할머니의 깊은 속내에 어느새 마음이 치유되어 돌아간다.

경 험 의 힘

직접 경험해보지 않은 것은 함부로 속단할 수 없다. 놓치기 싫은 이의 번호를 먼저 묻는 것은 몹시 창피할거라 예상했지만, 막상 묻고 나니 용기가 그렇게 대견할수 없다. 세상 끝난 듯 암담할 거라 예상했던 불합격도막상 나의 부족함이라 받아들이니 다시 일어날 만하다.아빠의 어딘가 처진 양 어깨를 감싸 안는 일은 눈물이왈칵 터지게 만들 거라 예상했던 것도, 막상 안아드리고 나니 더 잦은 사랑 표현을 할 수 있게 만들어주었다.경험한 사람만이 올바른 조언을 할 수 있다고 믿는다.많이 아파하고 부딪히고, 깨질수록 나의 이야기보따리는 커져간다.

가장 좋은 위로

입 밖으로 터져 나오는 말이 언제나 살랑이는 강아지풀이 되고 따스한 엄마 품이면 좋으련만. 우리는 상대의 속살을 따갑게 도려내는 칼날의 언어를 내뱉으며 산다. 그것이 어쩌면 걱정과 격려의 말이라 해도, 상대의 처지를 고려하지 못한 채 내뱉어진 자음과 모음은 마음의 문 앞에서 한참을 나뒹굴다 눈물로 게워진다. 그런 당신에게 가장 좋은 위로는 보드랍고 따스한 언어의 그릇에 담긴 나의 마음과 시간일 것이다.

"그래도 수고했다. 고생 많았지?"

"너 정말 훌륭했어."

"많이 속상했구나. 나였어도 그랬을 거야."

"누구보다 널 이해해. 그리고 늘 응원해."

"나는 널 믿어. 언제나 여기 네 옆에 있을게."

"부담 갖지 마. 다 괜찮아. 너 스스로를 믿어."

연륜이라는 것

누군가 말했다. "좋은 글로 많은 위로가 됩니다. 나이는 제가 많아 보이는데 생각의 깊이는 글로 보이네요." 부끄러움을 가득 안은 채 대답을 전했다. "감사합니다. 하지만 저는 한참 모자랍니다. 제 머릿속에 떠도는 생각은 많지만, 그것을 행동으로 실천하기에 아직 더 많은 노력이 필요하다고 생각합니다. 질문자분처럼 저보다 많은 시간을 살아오신 분들의 경험과 연륜은 그 무엇도 이길 수 없다고 생각합니다. 그럼에도 불구하고 어리석은 제가 위로가 될 수 있어 오늘도 감사합니다."

외로움도 사치였다

어디로 흘러가고 있는지 모를 내 인생아. 외로움과 고
독에 맞서 인고의 생활을 견뎌온 스스로에게 떳떳한 보
상을 해줄 수 없을지라도 더 이상 울지 마라. 모든 일에
는 반드시 이유가 있을 것. 쏟은 눈물의 양은 훗날 한가
득 웃음소리로 돌아올 것이다.

저도 행복해질 수 있을까요. 사실 행복은 가까이에 있
거든요. 현재만이 존재합니다. 늘 현재에 불만족했습니
다. 귀와 눈을 닫고 입을 막으면 가장 행복하다고 했어
요. 마음에 구멍이 났습니다. 깨진 유리잔을 손에 피범
벅이 되도록 다시 붙여놓았지만 결국 맥아리 없는 실바
람에 와장창 산산조각이 나버렸습니다. 시간이 지나면
이 또한 실바람에 지나지 않을 일일 겁니다. 그저 시간
처럼 시간이 흘러가길 바랄 뿐입니다.

붕붕이

내 마음 알아주는 입술이 예쁜 친구예요. 소리 없이 눈물을 흘리고 있을 때면 어떻게 알고 다가와 얼굴을 핥아준답니다. 가끔 자기가 하고 싶은 말만 알아듣는 영악함에 혀를 내두르지만 그마저 사랑스럽기 짝이 없지요.

'사람은 착하게 사는 법을 배우기 위해 오래 살죠. 그런데 개는 태어날 때부터 이미 다 알고 있거든요. 그래서 세상에 오래 머물 필요가 없는 거예요.'

가끔은 사람보다 동물에 더 큰 신뢰를 얻을 때가 있어

요. 적어도 인간의 악한 마음으로 이유 없는 해코지는
당하지 않았으면 하고 마음속 기도를 합니다.

A_ 저 지금 너무 힘들어요. 숨이 막히고 온갖 고통이 목 끝까지 죄어와요. 아무것도 모르고 매일을 웃음 속에 살던 그때로 돌아가고 싶어요. 한가로이 책이나 읽고 음악이나 듣던 그때로, 누군가를 열렬히 사랑하는 것에 시간을 쏟았던 그때로 제발 돌아가게 해주세요.

B_ 이미 미래에서 지금 이 순간으로 시간을 되돌려드 린 겁니다. 마주하는 현실의 가치는 모르죠. 늘 현실만 고달픈가요? 지나고 나면 그 시간은 찬란했던가요? 그 고통이 빛바래져 아름다운 추억으로 포장된 건 아닐까 요. 시간을 되돌린다 한들 당신의 선택에는 변함이 없

어요. 다시 되돌려진 현재임에도 당신은 이토록 고통스

러워하며 또다시 과거를 갈망하는 것처럼요.

그 어떤 결과든 당신 삶이 유리하게 흘러가기 위함이에
요. 잘 될 거예요.

마음의 굳은살

마음은 살갗이 아니어서 굳은살이 베지 않는 것일까. 언제쯤 그 모든 불안과 의구심에서 자유로울 수 있을까. 본질은 감사한 마음으로부터 시작하리라. '감사하다' 말하면 감사한 일이 생기리라. 터널에는 반드시 끝이 있고 이제 터널 끝에 거의 다다랐으니. 무수히 지나친 인연 속에 얻은 깨달음을 감사해하며 앞으로 만날 인연과 상황에 최선을 다하는 것만이 내가 할 수 있는 일. 더 이상 아쉬워 마음 아파 말 것. 나 자신과 사랑하는 사람들에게 부끄러울 일은 만들지 말아야 한다.

살면서 들어본
가장 서운한 말

라디오에서 들은 사연에 온종일 마음이 편치 않다. '서운한 말'이라는 주제로 청취자와 전화연결을 했다. 힘없는 아주머니의 목소리가 라디오 너머로 들려왔다.

내용인 즉, 아주머니께서 첫 아이 만삭일 때 남편이 외도를 저질렀다. 속상한 마음 털어놓을 곳이 없어 시어머니께 말씀드렸더니 "네가 내 아들보다 생일이 빨라서 그래. 그러니 집안 꼴이 그 모양이지."라고 받아치셨다. 그 후에도 계속된 남편의 외도에 시부모님께 말씀드리면 "다 여자하기 나름이지. 넌 그것밖에 안 되니?"라며 비수를 꽂으셨다고 했다.

다행히 남편은 더 이상 외도하지 않았다고 했다. 아주머니께서 암에 걸리셨기 때문이라나. 그 와중에도 남편에게 하고 싶은 말은 "당신이 지난 세월 내 가슴에 못 박은 것은 평생 잊지 못하겠지만 그래도 우리 아이들에게 좋은 아빠가 되어주어 고맙습니다."였다. '애 때문에 산다'라는 것은 우리나라 특유의 정서일까. 결혼생활 동안 참고 산 대가가 암과 쇠약함이라는 것 때문에 라디오를 듣는 내내 참 가슴이 아렸다.

꼭 끌어안고 내가 네 편이라고 몇 번이고 얘기해줄게.

충만

우리는 그토록 가진 것이 많음에도 불구하고 기어이 내게 없는 것만을 찾아 나 자신을 부족한 사람으로 만들곤 한다. 이미 충분하고 매력적인 삶이다. 행복하고 근사한 하루를 보내고 있으니 만족하며 감사한 마음을 가지는 것이 중요하다. 나를 사랑하고 내가 사랑하는 이가 있으니 이 마음가짐 하나로도 얼마나 멋진 하루인가.

매주 월요일이 오면 작은 메모지를 한 장 꺼내요. 그리고 이번 주에 하고 싶은 일, 먹고 싶은 음식, 가고 싶은 곳, 보고 싶은 영화, 보고 싶은 사람, 듣고 싶은 음악 등 소소한 희망사항을 써보는 거예요. 그리고 일주일이 지나면 메모지에 달성 여부를 적고 자물쇠가 달린 상자에 메모지를 고이 넣어둬요. 그렇게 세월이 흐르고 흘러 손자, 손녀가 무릎에 앉아 그 상자 속 메모지를 읽어보는 순간을 상상해요.

☐ 코스트코에 가서 불고기 베이크 먹기
☐ 에곤 쉴레 화집 사기

우리 고모

할머니께는 딸이 있었다. 우연찮게도 첫 손녀인 내 얼굴과 똑 닮았던 딸. 노래도 잘 하고 글짓기도 좋아했던 열네 살의 발랄한 소녀가 있었다. 열네 살 소녀. 우리 고모는 백혈병을 앓았다. 그 옛날, 어렵게 치료를 하면서도 작고 어여쁜 고모는 병원 복도를 다니며 간호사들과 노래를 부르고, 종달새처럼 종알거리며 붙임성이 좋았더랬다. 그리고 틈틈이 글도 써서 두꺼운 책도 엮었다.

그렇게 재능이 많았던 고모는 결국 열다섯 살을 맞이하지 못하고 고운 산새처럼 구름 위로 날아가버렸다. 사십 년이 지나버린 지금까지도, 그 여린 소녀는 영원히

젊은 엄마로 남은 나의 할머니 눈에 한 방울 눈물로 맺혀 그녀를 지킨다. 개나리가 노랗게 피던 어느 봄날, 그 어느 똥간보다도 병원이 싫다는 할머니는 병상에 누운 나를 바라보고 계신다. 그런 할머니를 보며 물었다.

"할머니, 고모는 어떻게 생겼었어요?"

"딱 너처럼 생겼었지. 얼마나 착하고 예뻤다고. 마지막 남은 사진 한 장은 안 버리고 화장대 밑에 넣어놓고, 정말로 힘든 날에 꺼내본단다. 다음에 오면 이제 너희 고모 보여주마. 걔가 글 쓰는 걸 참 좋아했는데 너희 할아버지가 고마 다 태워버렸어.”

“고모 이름은 뭐였어요?”

“그건 말 안 할란다. 아이고 고마… 안 하고 싶어.”

5 　 영 원 의 　 나 와

순 간 의   당 신

사랑하고 헤어지고 또다시 사랑하며.

모든 일은 시작되고 끝이 나며 다시 시작된다.

다른 속도, 다른 방향

같은 곳을 향해 달려가던 친구들이 하나씩 또 하나씩 멀어지고 다른 길로 돌아섰을 때 막연히 황량함을 느꼈다. 인생에 정답이란 없듯이 애초에 정해놓은 목적지는 경유지였음을 깨닫기엔 이미 늦어버렸을까. 같은 곳을 향해 열심히 달렸지만 나는 아직 제자리걸음을 하고 있고, 이미 그곳에 도착해 다디단 열매로 목을 축이는 사람들이 보일 때 역시 막연한 황량함을 느꼈다. 사람마다 인생에 주어진 길은 다르다고, 그러니 조급해하지 말라고. 조급해지지 말자고. 내가 이 세상에 존재하는 이유는 반드시 있을 거라고.

불완전과 완전
그리고 온전함 사이

ㄱ_ 어느 날, 완벽한 사람을 찾았다. 허나 내가 불완전한
상태라 원하지만 가질 수 없었다. 나의 불완전은 녹이
슬고 이빨이 나간 톱이 되어 서로의 살을 뜯어 갉아내
고 말았다. 어쩌면 자해가 맞을지도 모른다. 결국 내가
원하는 건 하나 밖에 갖지 못한다. '나' 혹은 '당신'.
사랑이란 그 사람을 위해 내가 더 나은 사람이 되는 과
정이라 했다. 내가 더 나은 모습으로 변해가는 것. 온전
히 그녀를 내게 담음으로써 나는 당신이 되고, 당신이
내가 될 수 있었다. 그렇게 우리는 서로 사랑하게 되리
라 꿈꿨지만 나는 끝내 이루지 못했다. 그녀의 완벽함
앞에 나의 불완전은 너무도 헛된 것이었으므로.

그녀는 천박함을 다룰 줄 알았으며 정제된 글을 썼다. 텍스트로 그림을 그렸으며, 그 그림으로 꿈을 꾸기도, 나를 자극해 쾌락을 주기도 했다. 그녀의 글에서는 향기가 났다. 그녀에게는 알지 못하는 것을 '모른다' 말할 줄 아는 낮음과 아는 것을 조심스레 건네는 겸손함, 원하는 것을 요구할 줄 아는 당참, 거두어 풀줄 아는 지혜 그리고 바른 말투와 목소리가 있었다.

나는 많은 시간을 그녀를 그리며 보낼 것이지만 끝내 그녀를 믿지 못할 것이다. 내 불안의 산은 너무 높고 끝없이 날이 섰다.

그녀_ 어느 날, 불완전한 사람을 찾았다. 나 역시 불완전하기에 우리는 서로를 완전하게 만들어줄 수 있으리라 생각했다. 하지만 우리의 불완전은 녹이 슬고 이빨이 나간 톱이 되어 서로의 살을 뜯어 갉아내고 말았다. 피가 뚝뚝 떨어지고 살점이 뜯겨 나가는 고통에도 나는 그를 다시 놓치고 싶지 않았다. 결국 내가 원하는 건 하나 밖에 갖지 못한다. '당신.'

사랑이란 내가 나를 좋아하는 것보다 더 그 사람을 좋아하는 것이라고 그에게 말했다. 내가 나보다 그를 더 챙기는 것. 온전히 그에게 관심을 쏟고, 밀어내고 또 밀어내도 다시 그에게 곁을 내어주는 것이 내가 할 수 있는 유일한 일. 그렇게 우리는 서로 사랑하게 되리라 꿈꿨다. 그의 불완전함 앞에 나의 불완전은 점차 온전한 것이 되어 갔다. 그의 옆에서 나는 완벽하지 않지만 그리고 완전하지 않지만, 온전한 사람이 되고 싶었다.

그는 언제나 아이처럼 꿈을 그렸다. 하나의 꿈을 이루며 또 다른 꿈을 그리며 사는 동화 속 모험가 같았다. 그의 목소리에서는 짙은 감정이 묻어났다. 그에게는 무엇이든지 다 잘할 수 있다는 자신감, 사람을 소중히 여기는 정감, 시간을 두고 고민할 줄 아는 여유로움이 있었다.

나는 많은 시간을 그와 보낼 것이다. 끝내 우리는 서로의 불완전함을 각자의 온전함으로 채워 두 사람의 완전

함을 이룰 것이다. 내 불안의 산은 너무 낮고 끝없이 날
이 무디기 때문이다.

순간의 선물

지나가다 우연히 들른 음식점에서 감동할 만큼 맛있는 음식을 먹었을 때, 오랜만에 메일함을 정리하다 온갖 광고 가운데 안부를 묻는 반가운 편지를 발견했을 때, 매일 같은 일상 속 엘리베이터 문이 열리고 아주 기분 좋은 비누향이 코를 뭉클하게 만들 때, 길을 지나다 먼 곳에서 바람을 타고 날아오는 꽃향기를 맡았을 때, 옷장을 정리하다 오래된 바지 주머니 속에서 만 원 짜리를 발견했을 때, 마트에서 장을 보다 우연히 옛 은사님을 만났을 때, 남에게 잠시 빌린 볼펜이 마치 내 것처럼 기분 좋게 잘 써질 때.

자기중심

다양한 인간관계 속에서 치이며 스스로 못나 보여 마음
이 지칠 때가 있다. 남의 감정만 배려하다가 결국 스스
로가 더 다쳐 있는 모습을 볼 때면 속이 많이 상한다.

모든 사건과 인간관계, 사소한 대화 속에서도 그 중심
에는 내가 중심에 자리 잡아야 한다. 꼭 그래야 한다. 내
가 지금 느끼는 서운한 감정, 슬프고 화가 나는 감정을
외면해버리면 상처받은 '나'는 누가 이해해주고 다독여
줄까. 쌓이고 쌓이다 보면 외면받은 '나'는 더욱 작아져
서 남에게 무조건 고개 숙이고 이리 치이고 저리 치여
멍투성이가 되어 언젠가 쓰러질 것이다. '나'를 먼저 돌
보아야 한다.

봄, 밤

창틀에 앉아 느린 발걸음을 옮겨가는 달을 바라보며 라디오를 듣는다. 창밖으로 내민 손가락 사이로 봄의 바람결이 쓰다듬어지고 새벽의 고요함은 달이 벗어둔 허물을 따라 떠나갔다.

불변의 본질

모든 것에는 변하지 않는 본질이 있다. 햇볕 아래 내 그림자는 각도에 따라 시시각각 변하지만, 그곳에 서서 햇볕을 받고 있는 '나'는 불변의 본질이다. 상황에 따라 우리는 늘 변화해간다. 하지만 그것이 본질이라고 착각할 때, 우리의 자아는 상처를 입기 시작한다. 살이 마구 쪄서 뚱뚱한 '나'일 때도 있고, 운동을 열심히 하고 식단 관리를 하는 '나'일 때도 있다. 어디서든 상냥하고 예의 바른 '나'도 있고, 투정을 부리고 짜증 가득한 '나'도 있다. 글쓰기와 독서를 사랑해서 책을 출간한 '나'도 있고, 시험에 낙방해 좌절감을 경험한 '나'도 있다.

이 모든 것이 '나'의 모습이지만 각각의 변화하는 '나'

의 모습들을 하나의 본질로 단정하기는 어렵다. 그러니 가끔 부정적인 내 모습도 언젠가 또다시 변할 내 모습이니 나를 미워하지 말아야 한다. '나'의 본질을 알면 상황에 따라 변하는 내 모습에 일희일비하지 않을 수 있다. 이것은 나를 사랑하는 방법 중 하나이다.

일상의 회복

올해 가장 잘한 일이라는 확신이 든다. 건강이 꽤 좋아
졌고 정신이 맑아졌다. 그 이전에 '내 몸과 정신이 얼마
나 스트레스를 받고 있었나' 이제야 알게 됐다. 발에 땀
이 날 정도로 뛰고 들어와 따뜻한 물에 샤워를 하고 시
원한 물을 들이켰다. 로션을 바르고 옷을 입는데 이상
하게 웃음이 났다. 아, 행복하다. 요즘은 어느 멋진 분을
통해 알게 된 재밌는 영국 드라마를 보고 있다. 오늘 밤
에도 한 편 보고 잘 생각을 하니 벌써 설렌다. 연애 소설
읽으며 밤잠 설치던 여고시절로 돌아간 느낌이다.

아무리 좋은 글을 많이 읽고 생각을 정리해 글을 써보
아도 그것은 일회성에 지나지 않는다. 그것을 체득해
삶에 적용하는 것은 어쩌면 타고난 능력일까. 경험으로
만들어진 하나의 산물인가. 좋은 글귀를 읽으며 공감하
고 되뇌어도, 눈앞에서 지나가면 그만인 것을. 그래서
여러 번, 시간이 날 때마다 꺼내보아야 한다. 사랑하는
사람의 얼굴처럼. 온전한 내 것으로 만들고 싶다면 말
이다.

그럼에도 불구하고
살아야 할 이유

우리는 모두 귀한 사람이다. 또 누군가에겐 없어선 안 될 존재이다. 언젠가 나의 의지와 상관없이 목숨을 버리려 했던 적이 있다. 두려움에 치를 떨며 마지막 끄나풀이라도 잡으려 했을 때, 당신은 나에게 말했다.

"넌 아주 귀한 사람이야. 네가 이 세상에 없으면 나도 없어. 네가 없이 나는 평생을 어떻게 살아가야 하니. 내가 너 없이 일상생활을 할 수 있을 것 같아? 너를 사랑하는 사람들이 아파할 모습을 조금이라도 생각해봐. 절대 안 돼. 그러지마. 지켜줄게. 잘 될 거야. 네가 어떤 모습을 하든, 난 널 존중하고 응원해."

소중한 그대여

스스로를 소중히 여기는 사람은 결코 타인을 괴롭히지 않는다. 그래서 가시가 많은 사람들이 유독 타인을 쉽게 괴롭히는데, 이는 너무도 안타까운 일이다. 그들은 한 번도 남에게 진실된 사랑을 받아본 경험이 없고 상처투성이인 스스로를 밉게만 바라본다. 자신이 얼마나 귀한 사람인지 모르고, 무한한 사랑을 받아 마땅한지 모르기 때문에 남을 그렇게 대하게 된다. 우리는 그런 사람을 볼 때 그 사람이 아주 소중한 사람임을 먼저 일깨워주어야 한다.

고유의 당신

남과 비교하는 내가 미웠다. 비교는 금물이란 것을 알면서 내게는 그토록 가지기 어려운 것을 척척 쉽게 가지는 그들과 나를 비교했다. 가지지 못한 것에 대한 동경이 아니라, 이미 가진 것을 두고 비교하니 둘러댈 위로조차 어렵더라.

우리의 출발 위치는 모두가 다르다. 같은 학년, 같은 교복을 입던 때가 있었지만 마지막 두 눈을 감을 때, 내가 써내려온 인생의 서사시는 그 누구의 것과도 다를 것이다. 찰나가 고통스럽고 죽음의 그림자가 뒤따르던 때를 감사히 여기는 순간이 반드시 찾아오리라 믿는다.

자연의 일부

삶은 자연의 섭리다. 폭탄을 맞은 자리가 가장 안전하고, 안개와 비가 내린 후에는 꼭 해가 뜬다. 이 자연의 섭리를 거스르는 자는 그 누구도 없다. 지금이 가혹하다면 반드시 편안한 시기는 돌아온다. 반드시 온다. 그런데 그 시기가 대체 언제 오는가에 우리는 질문을 던진다. 겨울이 지나 봄은 반드시 돌아오고 꽃이 핀다. 하지만 매년 봄이 오는 시기가 다르고, 꽃이 피는 시기가 다르다. 어두운 골방에 눈물을 흘리고 있다면 겨울과 봄의 중간이라고. 꽃은 피고야 만다고. 반드시 올 그 시기를 조금 앞당기기 위한 우리의 노력이 필요하다고. 속삭여주고 싶은 밤이다.

허 용 치

사람마다 사람에게 결코 허용할 수 없는 것이 있다. 그 사람을 사랑하는 마음까지도 밟아버릴 만큼 받아들일 수 없는 것 말이다. 나는 언젠가부터 언성을 높여 고함을 친다거나, 상스러운 욕을 습관처럼 내뱉는 사람을 상대하기가 어려워졌다. 물론 누군가에게는 아무렇지 않은 장면의 일부일 수도 있지만 말이다. 이렇듯 사람에 대한 허용치는 상대적이다.

내가 의식하지 못한 채 하는 행동과 말투 그리고 어릴 적부터 굳어진 습관 같은 것이 누군가에게는 받아들여질 수 없는 극도의 것이 될 수 있다. 이것이 만약 내가

사랑하는 사람의 허용치를 벗어난 것이 되어버린다면
그만큼 안타까운 일이 또 있을까. 감정과 이성 사이의
긴 싸움이 눈앞에 선연하다.

그날의 요일

날짜보다 요일이 저는 참 좋아요. 언제부터인지 크리스마스나 새해 첫날 같은 날들이 제게는 아무 의미가 없어졌어요. 성탄절이 되면 캐럴이 거리에 흐르고 크리스마스트리가 곳곳에 보이지만 그저 어디든 사람이 바글거리고 교통이 복잡해지는 날일 뿐이에요.

1월 1일도 그래요. 매일 같은 해가 떠오를 뿐인데, 인간은 수 개념으로 나누어 아주 특별한 날처럼 만들죠. 그리고 매일 똑같이 뜨는 해를 보며 무언가를 다짐해요. 물론 새로이 희망을 가지게 하는 건 참 좋은 의미지만요.

차라리 저는요. 내가 사랑하는 사람들이 태어난 날이라

든지, 우리가 처음 키스를 나눈 날이라든지, 우리가 만나서 숨이 넘어갈 정도로 가장 즐거웠던 날을 기억하고 특별하게 보내면 어떨까. 그날들의 요일을 기억해두었다 문득 일주일 가운데 그 요일이 되면 그 장소와 시간을 겹쳐보는 건 어떨까 싶어요. 그래서 날짜보다 요일이 저는 참 좋아요.

모순덩어리

인간은 모순덩어리이다. 언제나 양면성을 가진다. 양심적이고 윤리적이며, 친절하면서도 합리적인 인간이고자 한다. 그러나 정작 현실에서는 상황에 따라 달라지는 감정적인 언행으로 일과 관계를 그르친다. 이러한 인간의 모순성이 '나'의 일에만 국한된다면 그나마 행운이리라. 진짜 문제는 타인의 모순을 문제 삼을 때 벌어진다. 정작 자신은 지키지 않는 윤리, 도덕적 또는 체제적 질서를 타인에게 강요할 때, 상대는 그러한 모순에 치를 떨며 그것을 쉬이 받아들이지 못한다.

모순을 잔뜩 실은 기차는 화염을 끼었고 달리는 폭주기관차 같은 것. 하지만 모순은 완벽할 수 없는 인간이기에 누구나 반드시 지니는 지극히 인간적인 증표이다. 그러므로 '나'의 모순성을 먼저 받아들인다면 결코 강압적으로 상대의 모순을 지적할 수 없다. 우리는 때로 상대의 모순적 태도를 개인의 선택으로 이해할 수 있어야 하며, 그러한 아량을 먼저 베풀었을 때 내가 가진 모순 역시 이해받을 수 있다.

자신만 모르는 것

남의 아픔에 대해 함부로 말하는 사람은 얼마나 속이 뒤틀려 있으면 그럴 수 있을까. 사람마다 성향에 따라 상처를 치유하는 방식은 모두 다르다. 본인이 아픈 곳을 애써 속으로 삼키는 것은 매우 대단하고 철이 든듯 생각하지만, 티 나는 남의 아픔에 대해서는 엄살이라며 비꼬아대는 부류가 있다.

그런 사람을 볼 때면 참 안타깝다. 그동안 얼마나 자신의 감정을 스스로 억누르고 또 타인에게 억압당하며 살아왔으면 그럴까. 자신의 눈물도 닦을 줄 모르는데 어찌 사랑하는 이의 아픔을 보듬어줄 수 있을까. '어른스러움'에 대한 잘못된 정의를 억지로 강요받아온 결과일까. 타인과 비교를 통한 우위에서 승자라도 된 듯한 자위일까. 숨김과 드러냄의 문제가 아니라, 결국 다름을 인정하고 공감할 수 있느냐의 문제로 귀결된다.

위악적 삶

"풀 내 나는 강 버들이 될지언정 향기 없는 조화는 되지 말자."

스스로를 속이지 않고 살아갈 것을 다짐한다. 이를 위해 본질과 대의를 아는 것이 중요하다. 껍데기는 벗기고 나면 결국 버려지는 것. 그 속의 알맹이, 내용물이 중요한 것 아닐까. 지금 내가 하는 노력, 행동, 언어는 껍데기를 위한 것인가. 알맹이를 위한 것인가. 스스로에게 던진 질문에 한 치의 망설임이 없다면 그것만으로 더할 나위 없는 삶이다.

사람과의 관계에 있어서도 마찬가지이다. 어떤 사람을 만날지 정하는 것은 결국 자신의 가치관에 부합하는 것. 내가 당신에게서 보고자 하는 것이 껍데기인지, 알맹이인지는 자기 자신이 가장 잘 알고 있다. 그러니 언제나 그렇듯 선택에 따르는 책임은 내가 지는 것임을 잊지 말아야 한다.

우리들 인간관계라는 게 사실 그래요. 나에게 소중한 사람들의 집을 직접 찾아갈 수 있을 정도. 집주소를 적고 우표를 붙여 편지를 부칠 수 있는 정도. 딱 그 정도가 진짜 내 것인가 싶어요. 지금 당장 스마트폰을 꺼버리고, 컴퓨터 선을 뽑아버리면 거기서 끝이 나는 우리 사이는 참으로 알맹이 없는 관계라는 말이죠.

당신을 생각해서 나름 잘 해본다고 한 일이 당신에게
상처가 되거나 귀찮은 일이 되었을 때. '아 이 세상일
참 내 마음 같지 않구나' 싶더라. 세상 모든 일이 내 마
음대로 흘러간다면 기쁨의 가치라는 것은 사라지고 말
것이다. 겸손하게 받아들이고 무던하게 내려놓는 연습
을 한다.

우리는 언제 죽음을 맞이할지 모른 채 살아간다. 갑작
스런 죽음이든, 예고된 죽음이든 인간은 죽음 앞에서
지나온 삶을 반추한다. 그 짧은 찰나에 "아, 내가 여기
까지구나. 그럼에도 불구하고 참 원없이 꿈을 이루기
위해 노력한 삶이었구나. 또한 열렬히 사랑하고 베풀었
구나. 나의 선한 영향력이 내가 떠난 뒤에도 미칠 수 있
기를. 나 참 잘 살았구나." 하며 이 세상을 하직할 수 있
기를 바란다.

어쩌면 우리에게 주어진 시간이 얼마 없을 수 있다. 자
신의 행복을 지키며 살아갈 수 있기를. 오늘 역시 많은

것을 사랑하고 베풀 수 있기를. 죽음 앞에 지금 이 시간
을 후회하지 않기를.

나는 모르고 있었다. 당신의 부재가 두려운 것인지, 관계의 부재가 두려운 것인지. 당신이라는 존재 없이는 도무지 하루를 시작할 수 없는 것인지, 아니면 하루를 열어줄 그 누군가가 필요했던 것인지 나는 모르고 있었다. 관계가 끊어지는 것이 두렵고 그 관계가 끝이 난 다음, 실의를 참지 못해 또다시 지나간 관계를 되새김질하려는 상태가 되어버린 걸까. 서로에 대한 사랑이나 배려보다 익숙했던 그 관계에 대한 갈망은 아닐까. 모든 관계의 회복은 유리잔과 같아서 깨지면 깨질수록 다시 온전했던 처음의 유리잔으로 돌아가기 힘들다. 우리는 스스로가 오랜 시간 행복할 수 있는 선택을 해야 한다.

같은 기온에서도 봄과 가을의 옷이 사뭇 다르듯이, 같은 공간에 있지만 우리는 서로를 바라보던 눈길을 각자 다른 곳으로 거두었다. 같은 시간에 있지만 우리는 서로를 향하던 손길을 각자의 무릎 위로 가지런히 놓아두었다. 같은 계절에 있지만 같은 온도로 내뱉던 모음과 자음은 고장나버린 온도계에 매달린 채 각각 제멋대로 뒹굴고 있었다.

완성의 미학

주말의 완성은 일요일일까. 꽃잎의 완성은 거름일까. 요리의 완성은 빈 그릇일까. 여행의 완성은 비행기 표를 예매하는 것일까. 사랑의 완성은 이별일까. 삶의 완성은 죽음일까.

제 철

제철 음식은 그 재료를 수확할 수 있는 시기에만 먹을 수 있는 음식이다. 다행인지 불행인지, 요즘은 온도와 습도를 인위적으로 조절해서 대부분의 식재료를 언제든지 구할 수 있다. 겨울에 수박이 먹고 싶다면, 곧장 마트로 달려가 수박을 살 수 있으니 말이다.

그런데 참 이상하게도, 제철에 난 것과 자연산으로 얻은 음식이 더 맛이 좋고 싱싱하다. 그 재료가 얻어질 수 있는 환경을 그대로 조성했음에도 불구하고, '그때'가 아닌 시기에 얻어진 것은 제철에 비해 맛이 덜한 것이다.

이런 자연의 섭리를 보면 우리의 삶 역시 '적절한 때'라는 것이 적용되지 않을까. 각자의 인생에서 꽃이 피고,

열매로 치면 가장 다디단 시기 말이다. 돌고 돌아 한 여름에 찬물에 샤워하고 먹는 단 수박처럼, 우리에게도 또다시 돌고 돌아 주목 받고 빛이 나는 순간이 오리라 믿는다.

고기를 질겅질겅 뜯으면서도 피를 보는 것은 두려워하
는 사람들. 기꺼이 경쟁을 하면서 일등이 되어도 내쳐
지는 자들을 불쌍히 바라만 볼 뿐, 손길을 내밀지 않는
사람들. 진실로부터 늘 도망치기 바쁘고 진실로 가장된
허구만을 좇는 슬프고 불쌍한 사람들. 그들이 사는 우
주는 어디로 향하고 있는 것일까.

세상에 존재하는 모든 것들은 고독하게 태어나고, 고독하게 살아가다가 고독하게 돌아간다. 탄생과 소멸의 과정을 통해 흐름이 끊기지 않고 영원히 이어진다는 일반적인 진리이다.

가령 나무에 핀 화려한 꽃은 언젠가 땅에 떨어져 흙먼지가 될 것을 알면서도 겨울을 이겨내고 봉우리를 틔어낸다. 우리 삶은 온통 모순덩어리이다. 피고 지고 또다시 피고, 태어나고 죽고 그리고 태어난다. 또한 사랑하고 헤어지고 또다시 사랑하며, 모든 일은 시작되고 끝이 나며 다시 시작된다.